宋·楊杰撰

無爲集

中国書店

詳校官編修臣程嘉謨

臣紀昀覆勘

欽定四庫全書　　集部三

無為集　　別集類二北宋

提要

臣等謹案無為集十五卷宋楊傑撰傑字次公無為軍人因自號無為子嘉祐四年進士元豐中歷官禮部員外郎出知潤州除兩江提點刑獄卒於官原序稱侍講楊先生蓋其帶職也傑及與歐陽修王安石蘇軾游故其

詩雖興象未深而亦頗有規格其率易者近白居易其學為奇崛如送李辟疆之類者或偶近盧仝大致則仍元祐體也又及與胡瑗游故所學亦頗有根柢官太常時議典禮因革多所討論集中如補正三禮圖皇族服制圖諸序以及禘祫明堂樂律諸奏皆有關於典制但其文才地稍弱邊幅微狹耳集凡賦二卷詩五卷文八卷紹興癸亥知無為軍趙

士彰所編士彰序云删除蕪纇取有補於教化者若釋道二家詩文則見諸別集今別集不傳故張敦頤六朝事迹載其雨花臺詩一首王象之輿地紀勝載其淨居寺詩一首潛說友咸淳臨安志載其西湖參寥山房詩一首鐵網珊瑚載其佛日山別長老弼公詩一首凡為僧作者今皆不見於集中也然第五卷中有書寶山寺壁一首第七卷中有題寶

樹院五松一首東峯白雲院一首野寺一首第十卷中有圓同菴銘一首圓寂菴銘一首未免自亂其例又如銘五首入雜文贊亦雜文乃列詩中詩以古體律體分編而和謝判官宴南樓一首本拗體七言律詩而誤入古詩編次尤為無緒至於魏詔君贊詔字葢避仁宗嫌名而次卷仍稱魏徵君草堂校讐亦未盡善惟傑集自南渡以後湮没不傳士彩

積兩歲之力搜求編次使得復傳至今其表
章之功固亦不可盡没耳乾隆四十九年三
月恭校上

總纂官臣紀昀臣陸錫熊臣孫士毅

總校官臣陸費墀

無為集序

國家以文教作成海内近二百年主上紹開中興息馬論道者一紀于兹比詔有司修建太學盖以儒術粉飾治具漸磨士類未始須臾置也無為在淮右為小壘而多名士侍講楊先生名傑字次公道號無為子實一時文人公自妙齡擢巍科以雄文妙賦醇德懿行得名于時中間立朝議禮樂因革人尤多之晚年嘗奉使過太山觀日出於絶頂之上重九日賦詩舉酒於華山蓮花之

峯繼被詔從高麗僧統義天遊前輩以謂皆以王事而得方外之樂故於瞿曇尤造理窟當時如大丞相王公內翰蘇公悉印可之年七十而終生平所著文集湮没未傳於世吁可惜也歲在重光作噩之冬士彰誤恩假守是邦服膺侍講公之名舊矣視事之初首詢公文於搢紳間歲餘搜獲不一公遺辭典麗立意奥妙因删除其蕪類取其有補于教化者編次成集將以為學者標準工佐吾君偃武修文之意不其韙歟其詩賦碑記雜

文表啟共分為一十五卷若釋道二家詩文則見諸别集云紹興癸亥歲夏四月左朝請大夫知無為軍兼管內勸農營田事趙士彩謹序

欽定四庫全書

無為集卷一

宋 楊傑 撰

古律賦

歸來堂賦

碧虛子陳景元字泰初入道為右街録賜號真靖主中太一宫屢請歸廬山朝廷不從大丞相舒公因真靖自言而題之云官身有吏責觸事遇嫌猜野性難堪此廬

山歸去來無為子楊傑葢碧虚子之友也聞而歎曰昔靖節先生賦歸去來以歸廬山之陽且八百年矣其辭未亡罕有繼其聲者今大丞相因子之言而及之愛子之深也夫靖節遠害於汚俗真靖引分於治朝雖其趣不同而所歸則一廼追靖節遺韻而歌歸去來以貽之亦用自警云

歸去來兮當太平之時胡不歸寵難處而易辱樂或過而生悲田園蕪兮不耨歲月流兮莫追非彼馬而是是

是我指而非非黼黻爛兮眩吾目塵埃坌兮緇吾衣不收視以返聽將安望乎希微胡為乎疲足孤輪與時競奔行不顧乎夜漏往取愧乎晨門余聞有其善者善喪外其身者身存享不俟乎牛鼎酌不假乎象罇内茍適其志願外何靦乎面顔一簞足以自養一枝得以自安車善行而無跡門善閉而無關動不離乎輜重超燕處乎榮觀河泝流兮九曲丹伏鍊兮七還師不陳而坐勝勇無取乎桓桓歸去來兮請從逍遥之遊委天與之定

分在道外以何求有名教之真樂絶世俗之妄憂玩幾微於八索鑒福極於九疇齊物我而一致汎忘心之虛舟躡遺舄於子喬接逸袂於浮丘礪吾齒而漱石清吾耳而枕流投空谷而響應憩長林而影休幽鳥翔而後集白雲去而復留歲云暮兮何之叟擊壤以為期捨我田而營他徒勞力於耘耔子胡不歌大丞相之詩脫官身于吏責廬山歸去夫何疑

一鶚賦 雄鷙之物無有儔偶

鶚也惟一物之至雄絶倫類於凡羽鋭擊搏於秋風一飛則沖得路昊穹之表獨立不懼青羣燕雀之中在氣稟金於德為義力捕潜伏性鍾猛鷙由耿介以寡合非沽激而自異雖曰鵰如其狀孰並翺翔未嘗烏合其羣曲從黨比其或木落萬壑雲沈四陲我則助天地嚴凝之氣乘風霜肅殺之時鼓雙翼以直上摩九蒼而俯窺免縱狡以難遁狐雖妖而盡追義可去者力皆擊之此天下以無雙少而尤貴彼鷙鳥之累百多亦胡為目瑩晶

精爪剛鈎屈飛騰而雄壓鷹隼擒獵而功高網罻宜乎孔融為表薦禰衡以興辭鄒陽上書諫吳王而託物大抵物之常者易其侶禽之異者難其儔故我不茍以合不旅而遊孤飛得以奮其勇離羣不足為之憂惟我獨清屈大夫之在楚出乎其類孔宣父之生周非不知生而飛鳴樂乎儔偶奈何彼不我類我匪其醜與其羣以無益孰若介然自守又何必頻頻若鸒斯之黨止賊夫糧嚶嚶為黃鳥之鳴過求其友勿謂毛羽爾盛朋儕我

無殊不知丹鳳巢於阿閣大鵬迷於天隅子可類聚孰云德孤衆莫蹤希鄙翩翩之六鷁舉難接翼小泛泛之雙鳬噫得其時則架於軒楹失其遇則巢於林藪將伸勇毅之志願假英雄之手如欲禽異類而肅四郊於一鶚乎何有

歌雍徹祭賦 宗廟之祭歌雍以徹

王享於祖禮終以時雍詩所以歌者祭罷從而徹之周頌一章擇作永言之用宗廟九獻此為去饌之期成王

以為一人祀兼七世歲或舉於祠禴時或行於祫禘且謂盡物盡志者孝子之事有始有卒者聖人之制當取正聲以尊先帝尸初以入必奏肆以迎尸祭及其終故歌雍而徹祭詩云至止肅肅有來雍雍祖考我格辟公我從有眉壽降祥之述節宰夫屏蹕之容篇本附於臣工詠而見意時因去其胙俎禮以為恭大抵詩不可廢廢之則闕祀不可久久之則褻故我就靈宇以行事揚正音而後徹聲聞於外且非客出之初孝事其先用作

神歸之節豈不以遷其祭具之謂徹播以人聲之謂歌
徹焉造其禮之備歌焉報其福之多以聲為用非雍則
何是以小師教於瞽矇職當諷誦君婦廢其籩豆音應
純和惜哉周運否而大禮衰魯權喪而陪臣僭樂奉祖
廟義同天子雖能享獻以自大莫測聲詩之所以故孔
子謂來助有二王之後始可謳謠奚取於三家之堂徒
彰僭擬則知帝威穆穆上德顒顒詩曲盡於辭意禮告
成於祖宗且異夫率諸侯以祀文頌陳清廟就方丘而

祭地吕奏黄鍾愚嘗因雍什之詠歌求詩人之微妙以謂薦可用於廣牡禘可行於太廟及其徹也又從而聲之為萬世之典要

周兼養老禮賦兼修三代養老之禮

古之養老禮莫如周兼三代之常法新一王之令猷尚文德以唱風典章尤盛奉年耆而興教飲食參脩自有虞訖於二代必重年德以均仁愛然而禮有質而有文事或興而或廢及周之盛也古今之通制兼明而老者

養之帝王之餘風盡在大抵燕者虞之禮饗者夏之儀太牢而食有商所為天下未有遺年者周人兼而修用之就膠庠以致勤高年畢萃順陰陽而為具畢制同施莫不鼎組豆籩牲牢酒醴效四代之異制萃一朝而為禮貴親尚齒德爵富雖曰殊風黑衣表裳深燕縞雜然在體至如樂之作也六樂並用學之建也五學相參而況養庶老而明廣愛事國叟而記高談得不比前世而文盛優上壽以恩覃尊耆艾於每年時凡有七嚴豆觴

於一日事徧其三故得風始朝廷化流穹壤春夏焉先饗而後燕秋冬焉先食而後饗舜禹湯之盛事得以追偕鄉國學之殊方各隨所養向非岐昌之德盛而大武發之功肅而嚴成王治定姬公思兼則何以設珍具以完備致蒸民之仰瞻且異夫禮用四朝記者詹魯侯之盛文同三代史臣推漢德之炎則知兆民莫不覲其親聖人為能老其老年齡以優事監古者而順考孔子曰周郁郁乎文哉未必不由於此道

不易之地家百晦賦多少之限因地豐堉

歲不易者為美地地所美者善養禾惟君賜萬民之限凡家無百晦之過田居三壤之先靡虛其種戸給一廛之廣敢益而多嘗聞田不授則倉廩虛食不足則民人夭故姬周平定甽晦頒分億兆然而為土有肥墝出物有多少利或則偏仁何以表是故再變易者三其地補生育之所虧不代更者一其夫防兼并之所肇大抵王錫以土民耕以時衆者不當過而寵寡者不可使之饑

必在計夫家之費辨黍稷之宜以中地給六人之用下田供五口之資凡同居之七者擇上腴而賜之既殊休歲之疇常豐所利當取限農之數以授其私勿謂土之美也爾家不足與之耕勿謂齒之衆也其晦不宜使之簡況夫任土之法待其政生齒已上書於版所養以之知所給因而限異漢臣之代甽農不定居如楊子之壓田世為常產蓋夫墝地之民勞以瘠沃野之俗逸而伸沃焉至多則太逸其俗墝焉加少則大勞其民所以上

上之田不廣蒸蒸之利將均虛一歲而虛二年誠非此類為前朝而為後市數若相因然後再易之間八家所治内以公田奉於國外以餘夫次其地猶有菜晦六遂之遠得而優不奪農時數口之饑無以至惜哉運革三代權分七雄井地一變民田不同或負郭以無仰或連阡而自豐夫豈知辨野而頒遂師之典爰得正數室而制司徒之法則從中後之君鑒古是非隨時沿革重孟子之經界鄙秦人之阡陌必也一丘甸以惠斯民損其

豐而益其墉

琴材賦 桐之良者可以作琴

世有嘉木天鍾至音抱良材而麗地俟哲匠以為琴中藏山水之聲能叅大樂未偶斧斤之手獨秀喬林嶧陽高峰龍門淵壑純氣所萃奇材以託宣情之具可以制閑邪之操因而作奈何時未我與工未我度固全天質自為物以混成安得梓人為發音於寂寞百尺之木特生之桐落落聳榦亭亭倚空無縶枝以示外畜太和而

在中時或裁成宜取羲黄之法人能抑按當移鄭衛之風正聲未揚識之盖寡庸目雖衆視之或捨猶藏䆀之哲士俟掄才之賢者雖云陶令非取意於絃間又恐吳民欲為薪於爨下俄有智者過而䆀之且曰堪輿之秀巖谷之奇激風霰於冬序感雷霆於夏時足以道舜民之樂足以伸楚客之悲如玉在山秘珪璋之重䆀猶金藏鑛屈劍戟之雄姿毓質若然成功在我非鍾山之玉兮其徽曷稱非國客之絲兮其絃安可將致於用必陳

於左然後欲天下之治者調其音而為表儀有君子之聽焉平其心而無懈惰是材之所稟用難自彰巧之所述器無不良黨工匠見遺不之剪而不之斷枝柯雖茂胡為宮而胡為商别有藝藪俊髦儒林綱紀明堂之上此其選巨川之舟此其擬材乎材乎豈獨琴而已哉冀匠師之明所以

荀揚大醇而小疵賦

周漢運否荀揚教傳雖曰醇之大者亦有疵之小焉皆

命世以為文言非不粹與生知而較美道未能全嘗聞人異禽魚性鍾天地全而禀者曰聖哲偏而得者曰賢智聖無不通賢有未至是以周公尼父率臻大道之醇荀況子雲未免纖瑕之累蜀國宗匠齊王老師雖抱重踞不逢盛時欲卷道以自處疾沒世而無知由是簡冊其蘊瓊環爾辭立大功於是矣未盡善者有之著書三十二篇義差而駮準易八十一首理或而醨至如論性之淵源談道之極摯或曰善惡一而混或曰禮義皆其

偽以禮義為偽則堯舜之法歸乎詐以善惡相混則鯀禹之心何以異兩賢於道擇不精而語不詳三子之間得其一而失其二又若對臨武以問兵之術推子淵以睎聖之徒遠罪特愚於晁錯談經私美於童烏是所謂珠不無纇瑕無掩瑜雖無傷於大義實有累於名儒非倡道之子思將何以教美不臣之新室幾近於誣向使親承鄒魯之範模獲偶淵騫而論討是則善得以盡辨無不早萬殊一本上追尼父之書醇乎其醇可擬孟軻之道奈

何智有失慮人無全能一則晦名於天祿一則朽骨於蘭陵俱有篆雕之雜難全粹美之稱亦猶務涉獵者賈山醇儒不足悅紛華者子夏具體何曾噫荀也倡道於前揚也和之於後助詩書禮樂之化謹父子君臣之守斯文未喪大疵則否何韓愈氏重而責之蓋責賢人也厚

無為集卷一

欽定四庫全書

無為集卷二

宋 楊傑 撰

律賦

五六天地之中合賦 奇偶相合茲得中正

撲散太極形分兩儀天五得其中也地六從而合之數各有常法乾健而坤順位皆處正併陰偶於陽奇聖人述易幾微窮神高厚以謂地自二以至十天始一而終

九數相協而運行義故得而悠久凡十有一畢乎道其
道皆然惟五與六合而中以中為偶大抵一闢一闔五
剛五剛而八與三而契會四暨九以更相亦皆助生
於品彙廣變化於無疆胡為數之五六獨合體於中央
蓋夫共播日辰日有甲而辰有子協為聲律聲上宮而
律上黄以中中其不中以正正其不正上全真宰之化
下遂羣靈之命氣降為味陶然覆載之間民受而生賦
以中和之性是所謂象有滋滋有數窮則變變則通名

數本堪輿之用交通為造化之功設在衆甫合夫大中二氣始分類本從於三兩五位相得獨無黨於初終後世商建五官周分六職經有五典士敦六德豈非取法於高卑然後鑒人之失得觀而作服可為色以為章叙以成疇故曰福而曰極定數若此至神在茲既可推以造歷又可準以揲蓍亦猶三五異位而同功孔子述卦爻之義一六共宗而在北揚雄明首賛之辭則知地數雜而不純天數純而不雜物理深蘊歲功周匝就五十

有五之中五六謂之中合

導河積石賦 導河施功始於積石

堯末遇水禹先導河俾乂中邦之害必由積石之阿疏經瀆之橫流圖成茂烈自金城之巨鎮下決餘波昔者世病懷襄人思降宅天命神聖力平川澤悼父績之湮淪窮水源而疏闢且謂為民之患患莫大於洪河而治水之功功宜先於積石北越洚水東踰大伾或穿地以湍浫或鑿山之嶮巇流不自注功由此施昔也出圖天

嘗授於羲氏茲焉興復山必始於龍支況夫江已決於岷山洛已疏於熊耳矧此至大尤當謀始故我因水經道以山綱紀成其功於十三年歷其地之九千里流未入於北海思是用勞勢必就於西平勲由此起勿謂禹績雖大河源未窮殊不知出崑崙以湍激至蒲昌而會同皆在塞外或潛地中不為吾俗之所患故自此山而起功靈派至長葱嶺于闐分而二聖人經始西傾朱圉在其東宜其海宇砥平勲庸日積治雍州以云備入冀

都而建白播以過於大陸遇此洪波浮而至於龍門告其成績有生乃粒無患其魚大功可謂至矣後世何以加於亦猶引渭會涇由鳥鼠而基兆疏淮入海自桐柏以權輿惜哉聖去邈遼民煩疏導既禹跡以湮塞徒漢歌之嗟悼胡不訪名儒而脩水官講究夏書之奥

能賦可以為大夫賦因物能賦可為大夫

鄰國交好古人重詩苟賢者之能賦故大夫之可為感物造端致二邦之協睦量材錄德宜再命以優推嘗聞

侯以賢封土由君胙鄰邦不可以不睦臣職不宜予不具將與謀事必求能賦且詩有六義能宜列國之誠而智效一官當預大夫之數盍夫善比而興能箴以懲適四方則命無所辱善一言則邦從以興既達古之風雅可為君之股肱誦三百之遺篇足彰才智宜五十而後爵以寵賢能及其受命出疆從君與會講好以修睦興利而除害我則文寄其心聲聞於外揚四始以深諭為三邦之所賴是以班固之言圖事諭志居先盧愷之

議審官語詩為大則知道佐列辟尊為大夫禄不可過爵不可踰苟弗善其詩者豈足謂之賢乎必也鴻鴈應機可任歸生之職羔裘誌美是為子產之徒況夫主意淵深國幾叢脞託章什以後達非賢才而安可詩人之詩諷而誦義已精窮禄士之禄倍而兼材當克荷故聖人著育才之法正取士之因以謂官欲入者學於古夏所誦者弦於春就胥雅以肄三始從師氏及君子之能九進任陪臣後世詩道陵夷聖言湮鬱義失風賦文

煩黼黻學之不足以事君詠之不能乎託物然而位或至於公卿得無愧於簪紱

深衣可以為文武賦 服深衣者可為文武

先王蓋有法服古者謂之深衣惟聖賢之被體為文武以圓徽中規矩而應權衡飾身以體可擯相而治軍旅助德而威嘗聞服不妄成義有所主或專用於朝聘或止臨於士伍獨此深衣創從先古約之以法毋被土而毋見膚服也在人可以文而可為武自天子之貴及庶

人之卑所純則異隨時以為實善衣之亞者俟兼材而副之應六二爻得正義直方之節行三千禮盡干戈揖讓之儀其布十有五升其裳十有二幅用之燕饗燕饗協用之師田師田肅念養老之虞氏昔嘗在躬非學道之仲尼孰能稱服大抵袞衣非不華也不得施於武黼裘非不功也不足用於文兼爾適用此其不羣既可次於六服又是率於三軍設五法者聖人略然有制持二柄於天下衣以成勲則知賓主交其信誠師旅奮其剛

果將者尚其右相者處其左則必服有制度然後人無懈惰兼高下短長之法義各有歸叅會同征伐之間施無不可故曰足以鍛澣服而邃深可秉威而章化能安志以平心亦有委貌者田獵之冠燕臣亦用鷩冕為饗射之服祭事其任後之人文不足以經邦武不足以衛社盛服雖被成能益寡噫得無愧於深衣不賢而識其小者

繼別為宗賦君之別子繼者為宗

諸侯之庶為乎别别子之適謂之宗欲正世以相繼惡羣心之異從惟君弟之初生法當似續致族人之仰事禮盡寅恭古者列侯先正其裔凡立厥次乃奠而世則斯子也君夫人以為母必有弟也卿大夫以同制宰乎爾族為始祖以優崇適曰大宗庶後昆之承繼嗣既云立禮無不司如親疏之升降昭穆之尊畀吉凶之容節昏冠之威儀族所為者吾皆主之職在成家紹一宗之本始代相纂服豈百世以遷移亦有自異國以肇臻與

是邦而有列既處其土因謂之别亦自命其來裔嫡嫡相仍得兼綜於小宗承承不絶大抵綱之舉則綱不得而亂表之正則影無從而欹欲家邑之咸乂捨宗子以何為豈不見魯國三桓立其長而統其下鄭人七族建其本而率其支是知别者别也父别異於偯氏宗者尊也已尊優於胄子以纂其德以紹其美考之書無作室之誚在乎易盡克家之理彼於國而食采肇啓封疆此以族而得民嗣承綱紀夫然則仰繼公子上尊國君正

統得以全其貴同姓無以亂其羣且異夫三從事之以稱宗易于後世庶子賤而不為長載在前文孰若我在九族而貴之稱五宗之上者無忝父德克寧家社故曰繼其祖者傳代不遷重其統也

籍田居少陽之地賦天子之籍居地少陽

位各有法籍無妄為實聖人之耕者宜少陽以居之建王社於田中因時以享就春方於國外順氣之施蓋夫追養祖宗告虔天地酒齊以之薦粢盛以之備故凡建

國之先必擇為田之次然而制度不同方隅相異在周人之盛世嘗處南郊至唐帝之昌期變居東位其意若曰地播生氣時從少陽土因而沃物得而昌此既興於王籍吾可實於神倉是故廣闢農疇用作躬耕之所仰叅乾道式當歲起之方時或晨見農祥日躔天廟則必朝士謹司徒之戒王者納稷官之詔命載耜以勤勞率就田之壯少東作以禮自符虞帝之書壇置于郊何愧孔生之誚胡不居於北者惡其就嚴凝之地胡不居於

西者惡其專肅殺之權就嚴凝則莫繫其稼專肅殺則徒事於田曷若我地秉於震氣順于天啓千畝於王畿壤稱其輿遵五行之木德位據其偏是所謂假力於人名田為籍因先聖而有建非後之王能易禮殊西漢賈生不必獻其言時在陶唐羲仲可以蕪而宅夫然後天下之農不敢以怠諸侯之養不得而疏自我良疇之廣據兹盛德之初亦猶王所處之明堂國陽以立臣所興之小學宫左而居厥後政失紀綱君輕耒耜上既逐於

晏逸下亦忘於耘耔宜國家舉盛典以興籍田繼有唐

之天子

無為集卷二

欽定四庫全書

無為集卷三

宋 楊傑 撰

古詩

幽谷吟上歐陽内翰

滁山挿空望不足行信馬蹄入幽谷生平未慣塵外遊
先酌寒溪洗塵目自疑身是武陵客誤逐桃花迷水曲
欲窮本始問歲月亭上雄文鑿青玉意高語險測難到

拂散白雲再三讀乃知造作自混沌山神固護寳藏匱
路岐未許車馬通白日蒼煙走麋鹿一從紫府僊人來
指出洞天三十六膏澤疏開不死泉棟梁養成歳寒木
靈苗異草無根株揺蕩清香過林麓峯巒闤匝别是天
天在山中成大畜先生之心此其象往行前言深藴蓄
議論吐為仁義辭文章散作生靈福嘿笑真工功未醇
飣餖春風弄紅緑䎃云谷得一以盈以一能應無窮聲
千古萬古聲不盡先生得之為聲名公之聲名公之心

日益遠大日益深愚儒耳目所不及奮筆空成幽谷吟

辟雍硯上胡先生

媧皇鍜鍊補天石天完餘石人間擲擲向淮山山下溪千古萬古無人識晝出白雲籠九州夜吐長虹衝太極去年臘月谿水枯色奪江頭數峯碧野夫採得琢為硯一畫中規外方直方直端平象地形形壅水流流若璧擬法辟雍天子學不比類宫一隅塞幸偶先生掌辟雍持以獻誠安敢惜欲伐東山五大夫受爵非材鍊為墨欲

乞湘妃血淚竿刮削除班供簡策欲就退之借毛穎同
與先生記心畫先生記之何所先推賾聖賢詮六籍四
時七政有未平顧述陰陽修律歷夷蠻戎狄有未賓顧
攄雄略操軍檄辟雍之水流不窮先生之材無不通顧
攜此硯飛九穹圓潤化筆扶天工

屏石謡贈郭功父

屏石屏石何嶄巖云初得自江之南沙埋土蝕幾千載
無人辨别嗟沈淹淨空居士物鑒精獲之不貴黄金兼

清泉洗滌露真璞野雲凝結堆濃藍巫峽山前暮雨霽參差十二挑峯尖比干骨朽心不朽通竅至今存四三蜂房蟻垤豈足數或踈或密爭嶔嵌銅臺古研置其下一片皴碧沈寒潭唐朝十公嗜怪石取之不已其亦貪爭如夫君一勝百得此自足無傷廉我嘗乘醉到君家臨風叩以蒼玉簪其聲清越合律呂簨簴可與大樂參何當琢磨中勾股列為綸磬歌雲咸問君考擊薦郊廟孰若藏在青山庵

潛山行

昔年會稽探禹書探禹書探得六甲開山圖圖載潛南天柱山上侵霄漢下淵泉真人秘語世不傳但見絶頂蒙雲煙漢武射蛟浮九江舳艫千里來樅陽築壇祈仙瞻杳茫茂陵檜栢空青蒼石牛一卧叱不起白鹿還歸深洞裏二月靈鶴有時來洞口桃花泛流水

歌白雪 二章

歌白雪雪滿龍沙暮冬月萬里征人歸未歸一聲曉角

雲中咽
歌白雪雪壓樵夫樵擔折行到都門門欲開十二玉樓
歌未徹

勿去草

勿去草草無惡若比世俗俗浮薄君不見長安公卿家
公卿盛時客如麻公卿去後門無車唯有芳草年年加
又不見千里萬里江湖濵觸目凄凄無故人唯有芳草
隨車輪一日還舊居門前草先除草於主人實無負主

人於草宜何如勿去草草無惡若比世俗俗浮薄

古行路

古行路古行路今人欲追古人去古人去遠何可追後人親今如古時君不見去年春風去已久今年春風亦依舊

和酬子瞻内翰贈行長篇

雲濤擁開滄海門鼓鼙萬疊鳴江村仙翁引我峯頂望耳目震駭難窮源黄金鑄鯨為酒樽桂漿透徹冰雪盆

吳歌楚舞屏不用夾道青玉排雲根經綸事業重家世
昔聞父子今季昆九丹煉就鼎竈溫刀圭足以齊乾坤
我行欲别湖山去爲我索筆書長言照乘不假明月珠
自有光焰生軺軒

和章學士祈晴昭亭山

洪範八政一曰食民非稼穡胡爲生江南土俗重圩塸
歲遇豐稔倉箱盈嘉祐六年宛陵郡積月霖雨妨秋成
昔之鬱鬱若雲秀今也汎汎猶青蓱豈惟百姓失所望

將恐祭祀無粢盛集仙到郡為惘惻齊心命駕祈昭亭山下欲回轍太陽赫赫輝雙旌老農乘時得刈穫清風和氣謳謌聲我知夫子禱已久由有盛德通神明願公移此福天下陰陽調燮歸和羮

五雲叟琴閣

朝望五雲山暮望五雲山望之欲去未得去抱琴登閣聊怡顏琴聲噴瀑潺湲意在山之泉琴聲險欲絶意在山之巔五雲之山不須到勸君但作五雲操

凌歊臺

大明七年暮冬月宋武南巡立雙闕鑾輿先幸凌歊臺雲中簫鼓轟春雷六龍一去曉無迹山花野鳥空相憶翠羽鳴鞭來不來景陵芳草年年碧

景雲軒

南城城外山崔嵬景雲軒上無塵埃雙溪水落逐年急白髮僧歸何日來畫屏滿目萬瓦合幾人到此心如灰

恭軒

春雷驚起蒼龍角春風擺開紫雲籜掃斷紅塵不得來

翠羽旌幢擁高閣高堂老人年八十朱衣省郎侍旁立

追懷手植先大夫栽培灌溉河勤劬濃陰潛蔽芝蘭徑

美實飽供鸞鳳鵷幽軒得名名曰恭見此還與桑梓同

豈唯雪霜不可改年年高節揺清風

留春亭

古今春過知多少人不留春頭白早君欲留春心可知

為君更賦留春詩留春莫只留花住花老春風亦隨去

孰若芝蘭香不歇亭下長如二三月

滄浪亭

滄浪之歌因屈平子美為立滄浪亭亭中學士逐日醉

澤畔大夫千古醒醉醒今古彼自異蘇詩不愧離騷經

送陳資道

有客抱荆璞不琢貴其質兢兢三十年常恐有墜失所

欲價百倍今也十之一勿患知者難光采已四出

古鑑謠

鐵鑑埋重泉知經幾寒暑山翁築春田得之南澗滸磨刮追光輝雲卷秋蟾吐斂衽正面視歷落露心府壞垣試一照陰靈吼風雨我欲匣此鑑西上獻人主不願鑑其鑑願君鑑於古桀紂不鑑古基業傾湯禹幽厲不鑑古綱紀頽文武吾皇寶其鑑清風塞寰宇

豫章行送周裕

君不見南浦亭前草送人千里道一番膏雨一番青不顧王孫江外老又不見豐城劒埋塵土間幾年秋水澄

波瀾夜深直氣射牛斗變化風雷頭角寒丈夫窮通有時有滿腹詩書滿樽酒行行三月到揚州故人莫笑麻衣舊

和穆父待制蓬萊觀雪

戊辰歲歷長兩春一逢臘上瑞兆豐年同雲彌六合初如天馬來奔入銀河蹋梁苑客後至郢樓曲難荅錦繡方還里罇罍喜開閤光照孫康書寒恤袁安榻但愛川陸平不問瑤珉雜扁舟欲泛剡潭氣若浮漯龍團屢烹

試風朕頻爽颯明月交清輝絳籠不燃蠟

贈朱伯原

張籍心不盲何為盲於目伯原道不病今也病在足及第二十年未識太倉粟樂圃德義重可敵萬鍾禄世味覺幻夢老把華嚴讀九會發淵微賛文煥珠玉洞庭秋月澄吳門春草緑香海泛虛舟不懾魚龍觸

凌雲行

淮國耕釣夫素嗜山川樂補吏來盱江潛解藍綬縛獨

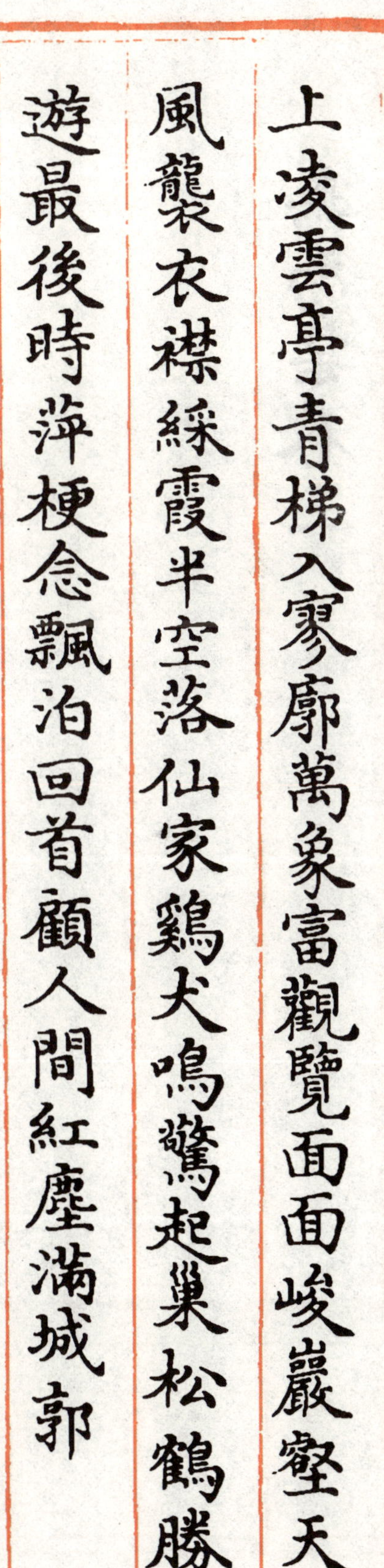

上凌雲亭青梯入寥廓萬象富觀覽面面峻巖壑天
風襲衣襟綵霞半空落仙家鷄犬鳴驚起巢松鶴勝
遊最後時蓱梗念飄泊回首顧人間紅塵滿城郭

無為集卷三

無為集卷四

宋 楊傑 撰

古詩

豐湖歌

惠州風土隔世埃使我南望長徘徊昔年霹靂轟蓬萊六鼇踉蹌海面開一峯崒屼九霄落萬里怒濤擁翠來至今浮在羅山畔玉閣石梁插天半世人可見莫可登

雪棧雲梯知幾層近聞更有豐湖好環匝亭臺映洲島
野叟忘機鷗鷺閒寒潭無浪蛟龍老雲歸洞府月滿灣
客卷綸車魚在藻白玉抽苗萬蓋圓翠光期歷王孫草
天高日暖荔枝香風撼一川紅瑪瑙主人丹鼎飛金虎
豐湖無根豈能住一日地軸如走丸隨逐浮山還舊處

謝公約惠墨竹圖

幽人清墨寫成竹變化琅玕作玄玉公約贈我兩大軸
不比丹青凡草木六月都城苦炎燠車馬紛紛正馳逐

曲臺官冷晝掩關淨掃虚堂展霜幅簾間忽有微風來不動纖枝清滿屋憶得扁舟載雪時曾寄會稽江上宿

和謝判官宴南樓

邂逅高軒須水濱名言間發蘭桂芬道義相投有餘樂賓主交照無煩文忠臣寤寐在北闕古風歌詠追南薰出關不覺行役苦舉頭時見孤飛雲

送李辟强

李辟强濡須别我遊池陽别後不得信不覺青女三飛

霜每見世俗仇讎盃觴桎梏文章憶君酒怪吟狂往往
登高崗但見大江水茫茫九華峯青蒼使我增悲傷明
堂禮後一百二十日忽騎蹇驢訪我來池陽倒覆我巾
箱得我潡藁數十張索我狂書八九行告我明日遊帝
鄉我知利民術君心十年藏青雲一萬里此去高翱翔

白月池

鑿池待明月月池成月自來幽人從一去明月來幾回乳
竇走龍蛇斷崖激瓊瑰安得藉盤石泛我瓔木杯

留題張尉隱齋

小隱隱林藪大隱隱朝市市朝心隱不隱身山林未必忘名利夜來月明竹聲細隱齋主人留客醉四更客未醒主人促車騎客笑主人勞不顧隱之意君不見梅福曾作尉民官莊周亦為漆園吏

酒隱園

小隱隱山林大隱隱城郭城郭多紛囂山林苦淡漠不如隱於酒適意自斟酌屈原不能隱獨醒較清濁揚雄

雖願隱載醪無適莫吏部瓮下卧其隱可愧作翰林市下眠其隱太落拓孰若畸翁園醺酣得大樂風暖鳳凰集霜重梧桐落長嘯待明月明月出林薄倚杖傲浮雲度雲度寥廓雖近市朝路不為名利縛知我尚幽勝賦詩豫期約願言醉鄉遊一駕東飛鶴上池沃瑶漿沖氣溢金杓當知隱君子志不在糟粕

及第東歸逢元舉

與君去歲金陵遊七月十日離楚州酒闌浩歌古亭下

白日雷雨催行舟片帆乘風破險浪冉冉飛過蘆花洲

我時幸預别頭薦君以才術公卿留人生聚散散或聚

忽忽今會如萍浮君行何以贈君别莊鵬九萬搏高秋

丞相王舒公賛

天子元老坐而論道赫赫具瞻傅巖惟肖

都尉王居士賛

珠圓而明玉澤而温鑑瑩澈而絶塵芝秀發而非根曼

殊沙華栴檀香芬晦堂路險大開施門西江水深一句

平吞誰知感音已前正是王老師孫

三江魯府君賛

三江府君有德有文善政及物陰功惠民異木連理雙芝共根詩助風教道傳子孫斯人一去莫可見萬里西山空白雲

治平三年秋七月當塗郭功父招無為楊次公會於環峯時五雲叟陳德孚以詩寄吾二人因聯句酬之

空山坐寥落足馬邀俊哲入門肆高談清風掃煩熱功父

憶昔治平年姑熟溪上刖歲時激箭急倏忽三十月次公

讀書非少鋭欲論先卷舌歸田殊未成累累逐羈靮功父

孰謂趙魏老不能佐滕薛由來歲大寒松栢見孤節次公

朋心久愈至忠規補殘缺兒童喜父執飣餖成羅列功父

壺有玉泉酒庖有冰裙鱉野炙剖珠璣秋瓜咀霜雪次公

新粳刈且春香炊軟三浙放放聊醉飽百憂旋磨滅功父

升平擊堯壤險恠探禹穴吐氣直虹蜺落筆淬金鐵次公

詞源河漢翻俯視隄防決文章貴天成追琢幾竄竄　功父

抵掌萬古事高下爭蠛蠓挹酌華陽水蕩滌塵土咽　次公

吾心了何染本理忘巧拙聖賢久不作情偽愈分別　功父

竹陰卧片石浩歌聲欲闋山童倏及門喜音屈高潔　次公

傳聞脫世累天境妙搜抉疎簾卷危閣九峯青嵽嵲　功父

吟餘琴一琴鑑然響環玦老鶴不敢鳴十里飛雲絕　次公

次公君素交嗟予尚契闊疇能枉籃輿相期出寥寂　功父

崔仲岳隱居松江以丹白黑飾舟曰鶴舟括蒼周

子韶無為楊次公治平三年夏六月會仲岳於繁昌蓬萊亭勉其罷鶴舟以應書席上聨句送之

且就飛龍牓休登白鶴舟子韶隴書方勸駕閬苑莫回頭次公丹頂歸滄海霜翎擲素秋子韶海鵬期變化仙驥任沈浮次公煙月閒三島功名重五侯須知馳鳳詔便是釣鼇鈎子韶已得沖天便無思擊槳遊次公楚醪鏗逸韻湘瑟助冥搜子韶南浦成春別北山空夜愁九臯聞象魏一葉寄汀洲次公世氣騎風虎機心走海鷗

子韶昔年嗟鵷退今日並麟游次公八月仙槎駛千齡

聖運優市朝真大隱箕潁謾清流子韶鼓枻難漁父乘

桴笑仲由片帆從此卷舊鷺亦應留次公冠珮重華國

鶯花四皓樓雄文高鴈塔大醉憶蓬丘子韶勲若書青

史幢須建碧油蘭橈好重舉乘取上揚州次公

送沈漢卿拜母墓效孟體

慈母塚前栢孝子眼中血根在葉長青恩深淚難歇二

月黄鶯鳴一路玄猿咽

牛渚磯脩水府祠并序

牛渚磯在太平州之北里即温嶠燃犀之所也石岸險隘江流湍激頗為舟楫之害中有水府祠南唐保大年封其神以王號國朝祥符中從而加封舟人將過之必先陸走具牲幣以禱焉及慶歷初朝命開新河於磯後而獲安濟則禮事稍損祠宇多敝嘉祐七年章太守命修之傑因賦之且警來者

牛渚磯大江汹汹山嶮巇舟人欲渡不敢渡烹牲投簡

先禱祈自從疏派得安濟禱者漸疎祠宇隳我聞鬼神
若君子不以風濤為福威吁嗟人心自險易昔也兢兢
今也違太守脩祠豈無意寄語安者毋忘危

至游堂

人孰不好游外物常求備佳勝窮山海紛華樂朝市不
知務内觀未得游之至達士靡窺牖天道已昭熾六合
極周流萬化覽要會蕭洒須川守名堂慕高致政清民
訟簡庭木交蒼翠間關林鳥鳴跳躍池魚戲道遥成詠

歌吏隱欣得地視聽與人同所適與人異翻笑列禦寇

不出終身愧吾亦愛吾廬豈獨壺丘氏

無為集卷四

欽定四庫全書

無為集卷五

宋 楊傑 撰

律詩

元會

歲令春為首人君德體元宸居太極殿星拱紫微垣歷運千齡恊梯航萬里奔同時稟正朔大號一乾坤謀野曾緜蕝沿波未滌源典章歸獨斷期會肅常尊廟祠諧虞

舜師儒陋叔孫曲臺司肄習執法糺譁諠舊史精窮討
非經不引援殊疆令輻湊古轍此還轅陛峻黄麾建旗
張直蓋屯地圖包海畫庭燎徹宵燔班位分賢戚銅璣
定曉昏仙盤凝沆瀣禁漏瀉潺湲呼旦傳雞唱填街列
虎賁六軍衣錦繡八駿轡璵璠緌采由官別冠梁以秩
論國容脩鹵簿武事設櫜鞬鼓吹依宫架關扃闢路門
簴文雕猛鷙路飾績蟠蜿牙琢中嚴版珠聯告止旛金
牀置符寶土貢雜瑤琨百辟稽名實諸王固屏藩立墀

隆輔弼述職簡要番省寺興頽黴材能慎選掄班齊序
鸞鷺仗轉駭鯨鯢圭鎮唐儀易袍紗漢制存鞘鳴龍扇
合簾卷獸煙噴陟降天威重顒昂玉色温泰平安可象
造化本何言恍豫陰陽順淵深宇宙吞江河宗渤澥山
岳望崐崘牘奏龜鱗應書先稼穡繁歷階臣委佩宣詔
使臨軒進有稱觴慶初無解翊熉南山賦周雅北斗揖
堯樽濟濟華夷抃雍雍信義惇登歌形瑞物旅舞異黎
園翠鳳閑簫集朱熊負按蹲四清備鐘磬二律下匏塤

寵錫需雲澤均霑湛露恩拜吟三夏享饔盛九牢飧受觶充醇醴加肴飫熟蹯摯勤供雁雉羞潔具蘋蘩布治從丹闕懷仁感陛渾祥光騰廣坐和氣冐陳根蓬島風長習扶桑日向暄前楹秀芝草阿閣長雛鵷社稷生靈福邦家政教敦年年朝溥率基業壯中原

景靈宮

仙宗司玉歷帝系出璇霄功業超千載威靈會六朝聖孫嚴子事神武耀文昭游渭衣冠在違顏咫尺遙奉安

先上衮守衛肅中貂重屋華天篆穤星屏俗罽麾幢迎
寶輦象魏起祥飈霞醴充流瓚芝房陋炳蕭降升瞻穆
穆聲咳聽寥寥複道悲追漢靈旗想伐遼薦新隨四孟
觀德序三昭養慕諧虞氏聲明格有苗庭分五行舞樂
奏九成簫將相旗遺烈松筠鑒後凋肖巖非特說畫閣
豈唯喬宸海名王聚江湖王氣銷基圖傳久大宮闕壯
嶕嶢皇澤彌霶霈羣生荷益饒侍臣叨旅進賡訟仰材翹
孝治光青史瓊瑤合瑑雕

皇帝朝獻景靈宮天元殿門有靈芝爲瑞時備員
博士前導聖駕得預瞻仰獲綴賀班賦詩上進
原廟躬朝獻高真盤孝思僊源傳寶歷乾户産金芝火
德資生毓天元固本支靈華依玉宇瑞物陋銅池大慶
同榮茂甘泉殺等夷洪休均草木嘉應在仁慈舜舉重
瞳目堯開八采眉祥光齊殿照喜氣輔臣知三秀書圖
諜千齡保福禧願如郊祀樂志府播聲詩
過黄陵廟

黃陵二妃廟客過動愁顔湘水有時盡帝車何日還血斑千畒竹嵬斷九疑山欲問蒼梧事白雲生棟間

李翰林祠

半醒半醉遊南國浮利浮名重一毫天上星精鍾太白人間文格將風騷仙翁曾換金龜酒老筆空傳褐兔毫姑熟遺音千古在長隨春色滿江皐

簡寂陸先生祠

紫霄峰下陸先生飛出紅塵鶴羽輕高第不知朝玉闕

舊山重喜見霓旌斗壇石凝雲三尺丹井泉寒月一泓昨夜全家宿琳館尚疑雞犬有遺聲

延陵季子廟

戰國干戈禮義隳延陵高節救周衰當時若嗣諸侯統後世誰傳十字碑生死不欺留劒約興亡都在審音知名儒如欲脩前史列傳應須次伯夷

和伯瞻郎中登郡城北樓

樓上高吟思入微白雲隨步拂人衣幾行塞雁斷不斷

千里客帆歸未歸倉廩稻粱知國富弟兄疆境樂家肥望中孰謂長安遠路去江南只數圻

和程太卿雨中登物華樓

澤國連朝雨春山半夜雷登樓寒食近隔岸畫屏開沙鳥飛還止漁舟去復來年年南浦草相伴綠波迴

夏日天慶觀水閣

錦繡堤邊曲徑通登臨不覺俗愁空聲喧枕簟芭蕉雨香撲罇罍菡萏風池景信皆塵外物道家疑在畫圖中

南樓有客頻回首應認蓬萊第幾宫

題具區閣

閣占具區澤登臨萬象奇中秋月明夜平旦日生時雲淡雪千里水澄天四垂漁舟何處在一笛順風吹

子隱臺

平西義戰幾百載江左空遺子隱臺鄉俗尚遺三傳去地基曾見六朝來人隨逝水年年遠山似屏風面面開誰與宜興尋舊宅至今藏在白雲堆

余卿新第

章水營居不日成皇華詩價敵連城簷牙雨過千鱗碧池面風閒一鑑清脩竹短牆儒者宅白頭青眼故人情莫憂退處生涯薄鶴引新雛遶砌行

和酬子中舍人

待次歸來偃月城鄰公笑我拙謀生藏書有充期傳世負郭無田不問耕朝市風波誰弄險江湖魚鳥自忘情吳門建第君何晚水閣山齋到便成

榮老堂

知節能全節辭榮老更榮閒居玩圖史得意傲公卿自有琴藏匣何須金滿籯子孫承義訓力學重清名

和穆父待制竹堂

會稽風土竹相宜旁竹為堂趣尚奇内史舊居經幾代此君高節似當時林無暑氣客頻到笋過鄰牆僧不知莫夾桃花引蜂蝶實成須與鳳凰期

清軒

湖水山一色湖山屏四圍無風自蕭灑有月更光輝洗滌塵埃盡消磨暑氣微平生方外樂到此欲忘歸

浮玉僧建亭蒜山之頂丹陽新舊太守林子中楊次公首登之因名二翁亭

來陪杖屨躡孤峯故老旁觀歎二翁海上波平千里白江東兵壯萬旗紅雲開雲合山頭月潮落潮生渡口風須約蒙莊老仙客凭欄直下看龍宮

折柳亭和林子中

行人折柳楚江頭帆去帆來甚日休飛絮不知漂泊苦

翠眉誰顧别離愁五株彭澤清風在千里隋堤勝氣浮

莫惜一枝臨水贈使君將解濟川舟

淮陰千金亭

良將未得用幾人能賞音恩難忘一飯報肯惜千金舊

俗喜出胯後時空愧心至今重風義廟食配淮陰

玩鞭亭

晉祚衰微鼎欲遷夢驚營壘日回旋强臣駕馭無長策

追騎留連有寶鞭險捋虎鬚曾幸免怒形蜂目亦徒然

誰能杖䇲平兇亂千古荒城鑠暮煙

同浩然正叔賦夏英公宅延春亭得登字

九衢塵土袞車聲一到延春世慮澄暖律解教寒谷煖

熙臺還許衆人登蘭生舊砌香連續花入名園價益增

莫笑冷官聯騎過長安城裏有誰曾

和晚登故豐門

故豐門近子真家樓上高吟冰齒牙帆似馬來思杜牧

劒為龍去憶張華溝還故道穿城角沙漲平川壓水涯
江外西山銜落日幾重蒼翠襯餘霞

張司封泗上春遊

經綸才術致唐虞暫出東南總轉輸德教久為諸郡法
國家何止十年儲清風繼世留淮甸和氣先春入汴渠
不日名歸調鼎鼐一封天上紫泥書

遊北山

今古忙忙利禄間幾人能此叩松關猿驚鶴怨不知處

虎踞龍蟠空見山芳草路隨流水遠老僧心共白雲閒
淮南舊隱拋離久一誦移文一愧顔

書寶山寺壁

片帆曾渡謝家洲屈指于今十九秋沙鳥重歸迷戰島
釣磯空在憶浮丘蒼顔白髮生新感疎竹清風伴雋遊
借問蓬萊山上月停杯還記故人不

遊寶林招李簿梅尉

東郭乞求聞曉雞籃輿乘興過涇谿氷開波面白玉碎雪

壓竹梢青鳳低山去空留鍊丹井境清疑有辟塵犀子真太白曾孫在飛棹何妨到水西

御試求遺書於天下

炎德侔三代文章歎燼餘千金期重賞諸郡購遺書東魯藏經出西秦挾律除儒生搜簡畢謁者鶩軒車闕史脩蘭省亡詩補石渠願觀新四部清禁直明廬

無為集卷五

無為集卷六

宋 楊傑 撰

律詩

送張令同年赴嶺南

滕王閣上正持盃，候吏先期過嶺來。澤國暫抛三徑菊，春風須寄一枝梅。昔年身到仁宗殿，同日鱗驚禹穴雷。萬里青雲有前約，莫因藍綬嘆塵埃。

劉紘之以寧親請還蜀

通守臨川郡家山夢翠微願辭靈運吏欲着老萊衣萬事樽前盡片心天外歸金烏伴征棹日日尚西飛

賦梅送黃庭方

子行何所贈贈子一枝梅長共雪霜約故先桃李開清香隔年在和氣引春回上國人相問為言南嶺來

贈朱漢臣先生

德義輕軒冕有誰知所存清風滿淮國高節老巢門孝

友敦兄弟詩書教子孫何當對明月林下接君言

送陳成伯學士知湖州

揚舲初出禁城東夾岸桃花蓋正紅紫綬朱幡金馬客清風明月水晶宫畫衣始信歸鄉貴夜鶴從教恨帳空政暇筌歌應鼎沸詩壇不用苦爭功

送姜厚兄弟

之子別庭闈鄉心夜夜飛芝蘭經歲老鴻鴈傍春歸芳草隨征棹和風上綵衣鳴根聲漸遠月滿釣魚磯

送許常

連年去鄉國從我赴南官一日學不廢雙親心自寛朝廷尚公正場屋進孤寒去去勿隕穫青雲翔羽翰

和朝回　二首

官閒無謁禁朝退自賓稀開卷逢先覺忘言接上機百千三味悟四十九年非老矣陶彭澤浩歌胡不歸

氣平無病惱心定覺身閒禮局容尸素仙科玷潤删馬駑猶勉駕鳥倦合知還舊隱廬山下遂茅屋數間

和酬致政朱殿丞

掛冠清世詠歸田舟艤江湖養浩然水底病龍思致雨樹頭老鶴懶冲天詩因社友編三百酒為春風費十千今古辭榮人不少惟君知足最當年

再和

詩將曾持造化權何須功業勤𤍠然生涯書外都無物興至壺中別有天君解扁舟帆五兩我慙嘉客履三千吾皇貴老多優賜好乞湖山不計年

再和

君賦江山數十篇人疑吟苦鬢皤然洞庭有浪寒欺晝太華無雲翠插天鷙鳥慵飛徒累百疲兵重戰必當千席間莫訝麻酬速詩債從來笑隔年

陳氏得開元佛殿梁材斲為琴傳三世矣而歸于太常少卿盛誨之請予賦焉

佛屋良材度中琴調絃安軫布徽金平時已入楝梁用終古更傳山水音陳氏得為三世寶啓期無負一生心

太常密補巖廊化歌詠南風惠澤深

晝錦堂

功成身退正康強憑軾歸來晝錦光門外節旄交晝戟境中桑梓間甘棠兩朝將相經綸業千古絃歌禮義鄉父老未勞思再見大君方慶股肱良

遊藉田

池館連雲晝掩扉晴煙苒苒日暉暉黃鸝映葉不肯去翠鳥得魚還自飛禾秀天田葱蒨卧花開仙苑粉墻闈

白蓮徑裏歸來晚風送餘香欲染衣

和酬赤松莊陳天䀫

花壓欄干木插天不知經始自何年為憐水石留終日謾拂莓苔寫數篇籠碧栽紗非我望梯雲名集自家傳氣蒸波撼多才思應笑襄陽孟浩然

過鴻溝

楚漢區區别土疆誰知盛德勝兵強乾坤混一歸真主郡國平分亦假王地底泉源通汜水道傍碑石屬滎陽

如今四海都無外農入春田失戰場

和謝聖藻遊錦川

錦川亭上雨霏微太守齋航卷畫旗步入名園鶯慣見
歌隨流水鷺驚飛貌高自有千峯聚飲劇方知萬事非
却恐丹陽赴官去此心當共白雲歸

藉田集議 以姓為韻

甸師經始遇金穰禁籞清樽合奉當千畝方田開帝藉
四時和氣聚神倉青壇改卜先農兆曲水交流上巳觴

欲識漢家林苑富融融春澤浸長楊

舟泊太湖

區區朝市逐紛華不信湖心有海槎八十丈虹寒卧影一千頃玉碧無瑕古今風月歸詩客多少蒪鱸屬酒家安得扁舟如范蠡煙波深處卜生涯

汝直松齋

伊闕十五里唐朝三百年歲寒林木在王氏子孫傳門有登龍客風生飲虎泉舟方齊代刻龕像魏時鐫居士

山長對郎君谷已還塔巍花繚繞溪淨竹嬋娟木記空
陳迹烽臺息舊煙陸渾平獷俗八節穩漁船嗣絕傷宮
傳碑亡歎鄭虔石樓延客醉天竺伴僧禪寓目鳴鑾地
追懷奪錦篇白雲最深處約我詠歸田

默齋

喧喧人世事何窮燕坐深齋孰與同道義優游言象外
利名分付是非中紅塵無路到真境幽鳥有時啼晚風
此意只應陶令會北窻琴在七絃空

贈馮揚州

天下無雙士淮南第一州文章老元帥節義古諸侯路穩歸黃閣功成建碧油九重致堯舜四海望伊周楚甸供吟筆吳兵賴坐籌風雲生鷁首蛟蜃怯龍頭有幸依餘芘干時愧拙謀滄溟波浪險願借釣鼇鈎

上知郡宋大卿

縣弩曾陪竹馬迎清風千里畏神明三朝史策推循吏九寺官班重正卿道氣養成髭轉黑民情照盡法從輕

異時歸去黄金闕留得甘棠歲歲榮

荅索臣佳章

幽閒外世緣白日抱琴眠詩就多驚俗樓居半是仙竹

牀斜倚杖蘚壁倒垂鞭䳲䴈紅塵客馬頭轠轡牽

和劉景文路分成考

新春書一考舊學惜三餘弗厭詩情淡從教世味踈清

時閒將帥長日玩圖書愛我錦溪月約來相伴居

和李義山盤豆館藂蘆有感

盤豆蒼珉刻舊吟清風自可滌煩襟庭蘆邂逅開青眼
澤國歸投是素心鄉夢不知家遠近世途休問迹升沉
陽春一曲一樽酒遮莫秋聲四面砧

秀溪寒食

十里喧闐錦繡川鞦韆人健趁飛鳶花明柳暗丹青國
日薄雲濃水墨天遊女踐成芳草徑畫船衝散碧溪煙
武陵謾說桃源好屈指如今幾百年

夜泊偶書

過得重湖日已斜相依漁艇宿蒹葭故園水面一千里明月渡頭三四家客路漂流身似梗世途紛冗事如麻却欣歸去逢寒食醉倒春風爛熳花

和錢越州穆贈惠州弟

蕪集蓬山雨過涼湖光何獨負知章萬家桃李春風國兩郡旌旗晝錦鄉和樂豈煩勤管磬醺酣非止為杯觴遥應大庾嶺頭去南北枝間梅子黄

和酥花二章

姑射山中氷雪膚　造花憑仗箸頭酥生成自有神仙韻

點化亦同天地爐全用隂功催氣候不從凡土起根株

頓教寒處萌春物鄒律回陽得似無

一盤花世鬬工夫孰謂真酥勝假酥白石萌芽生玉種

寒林枝榦出丹爐鏤金滴粉休隨俗翦綵黏膠近守株

翻憶嶺頭梅帶雪使歸曾得信音無

趙左丞畫像

洪學祠堂冩六賢左丞功業最居先儀形已在淩煙閣

豈獨丹青一郡傳

魏詔君賛

天子詔不起少微星轉明寥寥千載後富貴在清名

趙賓客生日

人間爵禄頌公難自有家傳一品官己亥年生逢己亥

從今甲子别開端

老子渡關圖送張會稽為壽

秘藏函谷關中子持贈蓬萊閣上仙願得髭鬚如此老

却教龜鶴羨長年

無為子六年官太常江上耆老思得一見門人求

京師名筆傳寫以歸因題之云

江南江北白雲堆試共幽人一展開向道無為老居士

擬歸先遣化身來

申國吕公輓詞

訃聞孰不淚盈巾寶鑑云亡社稷臣帝獵渭濵先得吕

神還嵩嶽舊生申黙調一氣歸元鼎坐致羣倫入大鈞

孤賤無能報知遇文章曾許繼前人

資政少保章簡公輓詞

中道立不倚大哉王者言文章曾潤色功業在調元衮繡光閭里圖書遺子孫悲風起吴國千載鳳凰原

得安肅顔舅書再成哀詞

安肅書來倍痛傷痛傷窮苦盛時亡三千蟬蜕人何處十載龍山夢一場我愧動心非孟子誰能鼓缶學蒙莊夜臺難寄登科信淚滴春衫弔夕陽

天章俞待制輓詩三首

材與時相會聲華孰可攀東堂升秘籍內閣叙清班餘慶千年遠浮生一夢還故鄉聞訃日雲黯四明山

熙寧治百川獻議闢民田平昔不毛地于今大有年至忠期報國上策在安邊士論追賢業臨風一泫然

節制當方面恩威號令明黠羌知効順叛俗乞歸耕一夕流星隕中年逝水傾祠堂嚴歲享耆舊致精誠

無為集卷七

宋 楊傑 撰

律詩

廬山五笑并序

無為子願遊廬山者二十年矣治平三年冬赴官江西舟過匯澤乃得侍親携幼摻奇尋勝以償素望一宿山間而去馬上不覺自顧而笑一已無足笑故廣之而成廬

山五笑云

遠師

我笑東林寺孤高遠法師種蓮招社客平地鑿成池

陶淵明

我笑陶彭澤閒中暗皺眉籃轝急回去已是出山遲

陸先生

我笑陸簡寂翛然脱世埃九霄一飛去重入舊山來

開先招老

我笑開先老家風雙劍高雲間本無事拭目看金毛

無爲子

我笑無爲子遊山學古人匡廬不能住騎馬入紅塵

贊皇公祠

夢到瀛洲夜覺來江上秋一身投絶域千古弔窮愁

魏徵君草堂

召伯甘棠國東郊處士家百年三世隱泉石當生涯

登南樓

此樓此景他州無山川形勢吞三吳唯憑詩老寫奇勝縱有畫筆難工夫

此樓此景他州無欄干倚遍還躊躇主人有酒具共醉驪歌不用催行車

此樓此景他州無天高水濶連平蕪緑楊深處杏花發日暖数聲山鷓鴣

懷黄梅三閣并序

黄梅縣牆西有池多魚舊政或捕為樂自余為令戒勿

取其後乃為放生池池上三閣曰釣閣吟閣醉閣公暇與客登之頗有佳趣因葛令赴官作三章寫其懷云

釣閣

屏去竿頭餌非唯用直鈎我來魚不避魚信我無求

吟閣

二十年前令曾來閣上吟如今頭已白詩有壯時心

醉閣

江邊醉長官昔慕陶彭澤未賦歸去來於今有慚色

題陳令壁

地勝江山國風清令尹家酒闌寒食夜月上海棠花

清軒

清軒直下壓秦淮淮是秦皇厭勝開千古興亡無問處好風唯共月明來

水月軒

湛碧一泓泉中涵千古月不比天上輪三五有盈缺

徐賢亭偶成

湖外青山在湖邊人不歸古今無問處幽鳥下漁磯

遥碧亭

幽鳥無心去又還迢迢湖水出東關暮雲留戀不飛動添得一重山外山

斗野亭

八月風高浪渺瀰儂公醉倚海槎枝夜深曾傍亭邊過亭上主人知不知

送陳令歸無為

楚水漾輕碧楚花飛亂紅故人故鄉去半雨半晴中

劉彦輔乞侍養

變化未隨雷煥劍晨昏願服老萊衣山堂大飲不敢醉

應恐倚門人望歸

別安廷老

山色淺深煙靄裏客情去住別離中臨川聚會應不久

明日扁舟乘便風

和黄倅別諸公二首

豫溪春雨江湖平蒼壁洲邊春草生吏民出郭自歸去
草間流水隨君行
垂楊陰裏繫行舟隔岸數聲黃栗留異日相逢定何處
莫辭春蟻一杯浮

釣磯懷古十章并序

治平三年冬十月一日艤舟江上與二三子登古釣磯
慨然長望有客問曰古之善釣者可得聞歟曰呂望任
公子詹何魯人莊周琴高陵陽子明嚴光左慈劉遺民

皆古之善釣者也呂望釣魚磻溪有志於天下也任公子釣於會稽以大取其大也詹何釣於南國以寡獲其多也魯人釣於洙泗華遇其實也莊周釣於濮靜而保真自適也琴高釣於涇仙而隱也子明釣於放溪愛物而有獲也嚴光釣於東陽退而自適也左慈釣於魏術其樂也遺民釣於江東知時也十子之釣或取或捨或進或退所適不同同歸於釣唯至神為能以不同同之以不釣釣之使各任其所適焉夫有志於天下者可與

共治以大取大者可與議遠以寡獲多者可與議要華過其實者可與救質保真自適者可與救貪知時者可與議變愛物者可與議取仙者術者可與遊乎方外故物物各遂其性人人各盡其材來者納而勿拒往者綏而勿追得者吾得之失者我亦得之然後出入六合遊詠乎太和之域非天下之至神其孰能與於此哉乘風將行乃賦釣磯懷古十章云

呂望

舉世無人用直鈎直鈎到底是良謀孟津再擲磻溪餌八百諸侯盡愛周

任公子

機深誰及任公子淛水蒼梧飽巨鱗鯢鮒不吞鈎上餌一年笑殺海邊人

詹何

五年南國釣煙波妙手從來所得多魚引盈車竿不撓幾人施舍似詹何

魯人

好釣無如魯國人暗投香桂餌遊鱗誰知淺水魚貪食
不待金鈎翡翠綸

莊周

謾投香餌試纖鱗楚使徒來濮水濵莫訝持竿不相顧
顧君還是上鈎人

琴高

不釣浮名不釣魚一綸鈎線卷還舒九霄控鯉無人識

誰道纖鱗是膾餘

陵陽子明

旋溪不殺真龍子學道三年躡太虛今古報恩人亦有

不知誰有腹中書

左慈

香餌輕投一席閒鱸魚撥撥躍銅盤曹公不悟神仙術

徒用金鈎把釣竿

嚴光

狂奴肯顧安車聘秖愛東陽七里灘誰道世間人不識
客星光射紫微寒

劉遺民

雨笠煙蓑細草巾持竿誰識白蓮人當時若得文王獵
涇水還應似渭濵

寶林院五松

葛洪井上兩三株不與孤秦作大夫借問東山歲寒木
得毋羞見水西無

太白桃花潭李白詩云太白登舟方欲行忽聞江上踏歌聲桃花潭水深千丈未若汪淪送我情

桃花潭似武陵溪太白儇舟去欲迷岸上踏歌人不見年年空有鷓鴣啼

東峯白雲院

僧愛白雲谿上飛白雲飛處敞禪扉莫言便是無心物憶着故山依舊歸

釆石四詠

溫嶠

半夜燃犀采石江江神無處避餘光未應赤幘能為害
竊見淵魚已不祥

袁宏

袁郎風格抗浮雲詠史高吟世未聞乘月泛江今古有
不知誰是謝將軍

李白

一别蓬宫不計年錦袍吟醉釣魚船鑑湖賀老天機淺

輕向人間號謫仙

樊若冰

兵到金陵舉國降若冰謀策謂無雙由來天意歸真主何必舟梁始渡江

濂溪

山為羌仙傳舊姓溪因廉士得新名頗持一勺去南海直使貪泉千古清

留題城西水磨

客來亭上晚春衫馬浴寒泉洗轡銜恠得主人留再住水聲林影似江南

贈范魯仲

人急生前計子圖身後名重來天地遠誰為作權衡

賞梅呈仲元

十年不見錦江梅今日清香入酒杯太守為施紅步障郡園驚恠壽陽來

瑞香

孤根移自紫霄峰只鬬清香不鬬紅憶得婆娑一株桂

歐家曾見月屏風文忠公家有月石屏風内有一桂與此相類

訪吳尉不遇

人愛紅塵我愛山尋山重叩白雲間子真避客遊都市

月上梧桐未肯還

隱靜十八松

廬山社友皆逃晉秦府功臣不仕隋今日明堂求巨棟

好教天下匠師知

碧霄泉魚

巖深蔭薜蘿金鬣弄寒波莫愛江湖好江湖曽網多

遊白雲山醉題僧壁

買得青山不用錢金沙門外草綿綿黄梅老令醉欲倒擬借白雲今夜眠

野寺

澤國春風老雜花閒芳草門前車馬稀竹葉無人掃

山房杭上作

十里溪源尋未見忽逢茅屋白雲堆竹牀紙帳睡正穩
無奈野猿驚覺來

天台思古

遊人行盡天台路仙家杳杳知何處唯有山前一派溪
落花依舊流春暮

還慶師扇

贈我無心著還師理亦然秋風歸舊谷明月上青天

無爲集卷七

無為集卷八

宋 楊傑 撰

序

皇族服制圖序

議曰禮院新定皇族五服圖其失有五不重太祖太宗真宗之服其失一也不分濮王之族其失二也不載兄弟之殤其失三也不著袒免之親其失四也不明正統旁親

之制其失五也何謂不重太祖太宗真宗之服按周禮司服職云為天王斬衰禮記云天子脩男教父道也為天王服斬衰服父之義也又云喪有四制變而從宜取之四時也有恩有理有節有權取之人情也恩者仁也理者義也節者禮也權者智也仁義禮智人道具矣故為父斬衰三年以恩制者也為君亦斬衰三年以義制者也新圖以皇帝於仁宗固當服斬衰也於真宗則齊衰不杖期也於太宗則齊衰五月也於太 祖則緦麻三月

也若仁宗之服誠合禮制矣若真宗太宗之齊衰太祖之緦麻是以親服而言而不以天王之服言也夫太祖太宗真宗君天下傳萬世在皇帝為之服斬衰此所謂以義制者也親親尊尊無重於是矣新圖以齊衰緦麻為服是豈違禮經之意哉故曰不重太祖太宗之服其失一也何謂不分濮王之族按五服勑云為人後者為其父母齊衰不杖期為其兄弟大功九月然則皇帝為濮王之服異於為濮王諸子之服矣為濮王諸子之服

異於潤王諸孫之服矣新圖以潤王子孫合而為一無以别其等降故曰不分潤王之族其失二也何謂不載兄弟之殤五服勑云為人後者為其兄弟之長殤小功五月為其兄弟之中殤下殤緦麻三月開寶通禮喪葬令文皆同其説蓋出之於儀禮矣而新圖畧之故曰不載兄弟之殤其失三也何謂不著袒免之親按禮記大傳曰名者人治之大者也可無慎乎四世而緦麻服之窮也五世袒免殺同姓也六世親屬竭矣鄭康成云四

世共高祖五世高祖兄弟六世以外親盡無屬名也又按律有八議一曰議親釋謂皇帝祖免以上親刑統云皇帝祖免據禮有高祖兄弟曾祖從父兄弟祖再從兄弟身四從兄弟是也且五世之親旁通而有十一刑統止著其五識者猶曰未達况又全而闕之哉故曰不著祖免之親其失四也何謂不明正統旁親之制夫正統之服天下之通服也旁親之服大夫則異於士庶矣若天子諸侯則又異於大夫矣按禮記云期之喪達乎大

夫三年之喪達乎天子父母之喪無貴賤一也鄭康成云期之喪達乎大夫者謂旁親所降在大功者其正統之期天子諸侯猶不降也大夫所降天子諸侯絶之不為服也孔穎達曰大夫之尊猶有期喪謂旁親所降在大功者得為其喪還著大功之服若天子諸侯旁親之喪則為服也又儀禮喪服鄭康成注云君大夫以尊降賈公彥云君大夫以尊降者天子諸侯為正統之親后夫人與長子長子之妻等不降餘親則絶天子諸侯

絶者大夫降一等又漢白虎通德論天子絶期者何示同喪於百姓明不獨親其親也又魏博士田瓊云天子不降其祖父母曾祖父母后太子嫡婦其姑姊妹嫁於二王後者皆如都人此所謂正統旁親之制也古者分親所以尊正統也尊正統所以重宗廟社稷之事也雖聖人親親之心篤於九族而旁正之異不可不明也而新圖略之故曰不明正統旁親之制其失五也今別為圖分以世次上下旁行而觀之親疎輕重之制其亦庶

乎明矣

國朝宗室世系表序

漢有王子侯表唐有宗室世系表其子孫之盛槪可見矣然漢表止於王侯王侯以降族裔不可得而知也唐表畧於明皇明皇以後本支不可得而詳也夫宗室為邦家所重其簡闕若此豈非紀事者之失歟國朝之制凡宗室行封襲慶賚之典有婚姻喪祭之事雖命令所出本乎朝廷而法度參考必先禮籍是以宗室世系威

踈遠近之别尊卑長少之序為禮官者所當審考而詳明之也某備員太常積有歲月參考典禮茲固所職其於戚踈遠近之别尊卑長少之序敢不盡心哉而有司之所記者先後詳略多或異同檢用之際竊懼差失迺推究其源流作國朝宗室世系表太祖之子名以德德生惟惟生從又生守從守生世世生令令生子太宗之名以之元生允允生宗宗生仲仲生秦悼王之子名以德德生承承生克克生叔叔生之之生季曰德曰元者宣

祖之孫也曰惟曰允曰承者宣祖之曾孫也曰從曰守曰宗曰克者宣祖之五世孫也曰世曰仲曰叔者宣祖之六世孫也曰令曰士曰之者宣祖之七世孫也曰子曰季者宣祖之八世孫也首著謚號名推爵德也屬次之親親也子孫次之源深而流長也謹序

熙寧太常祠祭摠要序

國朝歲祠天地五方帝神州宗廟大明夜明太社太稷太一九宮臘蜡為大祀文宣武成風師雨師先農先蠶

五龍為中祀壽星靈星中霤馬祭司寒司中司命司民
司録為小祀凡太常典禮樂少府共服器光禄共酒齊
黍稷果實醯醢將作共明水明火太府共香幣太僕共
牛羊司農共家葅有司應命人或為之騷然熙寧四年
冬詔以諸寺監祠事隷於太常所以肅奉神之禮也太
常初置主簿傑首被命至局之日寺監羣吏各執故習
惘然不知祭祀之職事傑廼集諸司所職為旁通圖一
卷以示之於是上知其綱下知其目大事從其長小事

則專達郊廟羣祀煥然易明有司百執各揚其職職事相聯罔不脩舉命曰熙寧太常祠祭總要云

補正三禮圖次篇序

周禮六篇首曰建國國建而其所重者天地之丘壇祖宗之廟貌也三者既安則不可無宫室庠序之嚴衣冠車旗之飾寶貨物用之利物物得正和樂生焉有所未和和之以樂有所未正正之以威物正於國則歴象順於天歴象順於天則災咎形於一時災咎於一時傳簡

書於萬世故禮圖之次一曰地制（八卷）二曰丘壇（三卷）三曰宗廟（二卷）四曰宮室五曰庠序（共一卷）六曰衣冠（三卷）七曰車旗（三卷）八曰寶貨（一卷）九曰物用（三卷）十曰樂制（一卷）十一曰武制（二卷）十二曰歷象（三卷）十三曰失令災應（共二卷通圖議三卷序目三卷為三十八卷）伏惟聖主覽其所圖鑒其所次法其所未法行其所未行致休祥為簡書之傳無災咎為號令之應歷象得而順禮得而正樂得而和寶貨物用得而利衣冠車旗得而餙宮室庠序得而嚴丘壇宗廟得而安天下

之地得而制然後聖神宗支傳億萬載此愚臣次篇之意也

平律書序

世之所以沿者以人之和也導其所和莫深於樂樂之所準在乎律呂是知律呂者大樂之權鑑而世治之本原然而上聖立法後世難知為之之物惟三（謂玉銅竹）正之之法惟五（謂數聲度量權）相生以八（如黃鍾至林鍾林鍾至太簇之類）損益以三（謂下生者三分損一上生者三分損一）禘祭則不用商聲（謂三大禘律呂不用商）

變聲則止於宮徵（謂七聲有變宮變徵）六管上下班志有所差（謂蕤賓夷則無射損而下生大呂夾鍾中呂益而上生）三統餘分遷史有所失（謂黃鍾長八寸七分太簇長七寸二分二林鍾長五寸七分四）若此之類義深者多故臣著平律書三卷律呂圖三卷以明之所以副尊號皇帝景祐脩樂之意也謹序

楊氏世譜序

楊氏姬姓也其先曰尚父伯僑蓋周武王第三子唐叔虞之後始封為楊侯楊侯生文文生突晉之公族食邑

於羊舌突生職惠公上卿職生肸字叔向亦曰叔譽晉太傅食釆楊氏邑肸生伯石字食我以邑為氏號曰楊石伯石生章征東大將軍華山侯始居華陰章生款字太初秦上卿後除弘農始作家譜以示子孫款生碩字弘遠隱居華山僊谷見五星聚東井必知漢興後為太史碩生喜字幼羅從漢擊項羽封赤泉侯謚曰嚴喜生敷字伯宗襲封赤泉侯謚曰定其後為新昌院敷生獵字無害襲封赤泉侯獵生敞字君平任大司農御史大

夫封安平侯預謀立宣帝拜大丞相敞生忠封安平侯
謚曰頃忠生譚字君公大鴻臚卿屬國安平侯譚生
寶字稚淵漢明帝三詔不出謚曰静節先生嘗有靈雀
啣環之瑞寶生震字伯起後漢太尉關西孔子畏四知
惟以忠孝清白傳之子孫震生奉字季節後改名衆字
君師任諫議大夫河東太守遷中書侍郎奉生勇漢黄
門侍郎其後為東垣宜陽房勇生纂字叔緒獻帝時太
中大夫封常山王纂生品字文璨魏文帝時太中大夫

品生國字彦高晉武帝時弘農令國生準晉太常準生
林其後為滎陽房又蜀中院譜林乃準之後林生鉉鉉
生結仕慕容氏中山相結生繼繼生暉洛州刺史謚曰
簡暉生恩河間太守恩生鈞魏朝越國公謚曰恭鈞生
儉一名倫字景則西魏時封夏陽靖侯倫生文昇字文
殊隋刑部尚書文昇生安仁安仁生德德生立立之孫
曰隱朝為郃陽令隱朝生燕客臨汝令燕客生寧國子
祭酒寧生漢公字用乂為天平軍節度使檢校户部尚

書其後為淮南院蜀院閬院漢公生範字憲之楚州刺史範生玢字表文吏部尚書監察御史其後為揚州丹陽房玢之孫徽字隱父初自靖恭里挈族來淮南是為淮南府君徽生南宅府君昺稾阜府君杲杲生濡須府君德明德明生富字文翁次大夫復字庶幾次試秘書省校書郎寓字晏之富生傳价佸僎佪復生傑傳伋作佺寓生侁仲依傑生洙滋泳浩傅生滂伋生滌汶作生抱樸榛佺生涇洞洙生堯叟滋生襲吉襲生是為淮南

院子孫熙寧元年同南海監郡尚書郎沆及其子上卿客卿列卿會於豫章兩院各出世諜若合符契至元豐四年秋傑以禮官准詔祀華嶽乃拜太尉祠冢訪講堂藏書穴酌阿對泉於龍岡道過好陽省五公墳盡圖隱碑以歸參考宗枝得閿鄉華陰譜本末尤詳元祐五年歲次庚午三月吉日重書於會稽妙峯亭第四十七世

大宗左朝請郎尚書禮部員外郎傑序

獻詩賦序

彭城古之楚也山陽今之楚也古楚之劇其猶今楚之劇也古舉其守亦有今之舉其守也在東漢則袁部公以能理劇為三府之舉而守彭城在本朝則中都公以能理劇為牧伯之舉而守山陽古今雖異易地則同而自下車之初躬即庠序振起風教脩衛桂陽之故事是以庠序之士首形詠歌傑章為諸生之師而耳目盛美故擇題於袁衛二傳以理劇拜楚守賦下車脩教詩為十八日之課文在於彼而義在於此將使編民知良二

千石有古君子之風云爾伏蒙傳命見索所撰謹與諸生之課上獻涴瀆視聽無任悚惕之至

大樂十二均圖序

大樂十二律律各有均均有七聲更相為用聲協本均則其樂調聲非本均則其樂悖非獨雅樂若此至於燕樂亦莫不然唯工師之明於聲者則能知之工師知其聲而不能知其本因聲以求本窮本以知變儒者之事也今黄鍾為宮則太簇姑洗林鍾南呂應鍾蕤賓七聲

相應謂之黃鍾之均餘律為宮者倣此禮曰五聲六律十二管還相為宮漢志曰宓羲作易紀陽氣之初以為律法建日冬至之聲以黃鍾為宮太簇為商姑洗為角林鍾為徵南呂為羽應鍾為變宮蕤賓為變徵此聲氣之元五音之正也夫五音相生而獨宮徵有變聲者何也曰宮為君商為臣角為民徵為事羽為物君者法度號令之所出也宮故生徵法度號令所以授臣臣所以奉承者也徵故生商君臣一德以康庶務則萬物得所

萬物得所則民遂其生矣故商生羽羽生角也然臣有常職民有常業物有常形形不可以遷遷則失其常矣商角羽三聲此其所以無變也君總萬化不可以執一方事通萬務不可滯於一隅故宮徵二聲必有變也今著大樂十二均圖一卷既備載律呂宮調又各取一章附於篇按圖考聲下可以辨工師之能否窮本知變上足以贊聖明之述作云爾謹序

無爲集卷八

欽定四庫全書

無為集卷九

宋 楊傑 撰

序

祝先生詩集序

先生諱熙載字舜咨自三衢游國庠登進士第任朝奉郎守秘書丞老於吳之華林先生悟風騷盖其出於天性幼時見鄰家童誦劒池詩云林風揺脱影山月瀉秋

光時六歲遽諭之曰豈非林風揺晩影耶傳者誤爾鄉先生許洞聞而奇之及冠場屋有聲名和文李公以禮幣延致門館與其二子遊厥後皆稱賢公子先生屢校文郡國得人為多丞相王沂公初應鄉書時人未知名先生首薦之而巍中鼎科及典誥命文章温贍天下莫不服先生之鑒然未嘗以毫髪有干於相府天下益高先生之節平生與人交必盡誠不隱默以取悦其為政端方恥阿諂以事上故與時寡合志不得伸而其造道

深篤於名教中自有樂地出處趣尚一見於詩夫莫耶干將有切玉之利而其用緩於割雞黄鍾大吕有格神之和而其音艱於衆聽靈草指佞而姦邪憚之寶鑑燭隱而魑魅惡之某嘗出先生之門知先生為最深故述詩序云

唐史屬辭序

仁宗皇帝嘗謂商周以來為國長久惟漢與唐不幸接乎五代衰世之士氣力卑弱言淺意陋不足以起其文

而使明君賢臣儁功偉烈與夫姦虐皆不暴其善惡以動人耳目誠不可以垂勸戒示久遠乃詔修舊史以成新書是時内出四庫所藏外訪求遺事於天下若文集誌刻野語逸史蒐索殆徧而其刪定討論皆一時儒學之士凡十有七年而後成於是與漢晉諸史方軌並駕以垂無窮吁可謂盛矣嘉祐中其書新出而天下之士傳録誦讀惟恐其後時無為程鵬彦升篤愛是書乃采一代事迹四言成文兩兩相比題曰唐史屬辭總成四

卷其於善惡邪正雖皆因其傳文而於輕重譜偶若權衡然可謂勤且至也觀者用力少而收功多將求鏤版以廣其傳丐予以為序彥升有學行予科場友也初命錢塘掾上官稱其材將見其所施設此未足以為彥升

道元祐元年閏二月一日泗州青陽述

五代紀元序

有唐之衰五代起于藩鎮梁祖始以姦雄盜竊神器雖天下畏其强盛而弑逆之禍在于閨門君不君臣不臣

父不父子不子於梁氏備之矣欲永其世不亦難哉夫亂臣賊子人人棄之乘其所共棄而動之以言故末帝得以誅友珪而代之然而唐德深厚人心未忘此後唐之所以興也武皇征伐屏翰之功初與梁祖相後先而梁祖終於取天下武皇終於藩國千載而後梁祖首篡竊之罪武皇保忠義之名善惡之致何其殊如是耶莊宗克成父志勇於征討平定梁氏中興唐祀議者稱之至于溺惑聲伎吝嗇賞賚此其所以亡也所謂暴威武

者或困于酒色之娱也其膏小貞吉大貞凶莊宗有之矣莊宗明宗閔帝廢帝四世三族姓異號同同尊唐室致有唐廟貌雖石晉之代亦宗祀之而不敢廢乃武皇莊宗之力也晉高祖利建大號以君父事契丹及少主嗣位欲正名分召徠寇戎塗毒中夏人主后妃蒙塵異域皆高祖之罪也漢高祖有赴難之迹惜哉不克成其功當中原無主之際徇輿議而即位不猶愈於僭竊者乎隱帝不能駕馭英豪潛行誅戮傾覆宗社誠自取之

爾周高祖世宗可謂英武也已而其享國不永恭帝冲幼謳歌不歸斯盖歷數在乎真主非人謀之所及也五十三年之間生靈困於塗炭王道衰而不振史氏蕩而無法秉筆之士為之嘆息嗚呼十三主有君天下之勢而無君天下之道君無其道則賞罰有所不明君有其勢故紀元之法以託之也或曰編年繫事必具四時在紀元則梁祖不書春莊宗不書春夏秋冬者何為也曰唐歷未終不可以與梁也梁歷未終不可以與後唐也

不與之所以正正統也正統不正何以正天下哉治平三年春正月序

補編年圖序

編年圖任山先生之所撰也始自周平訖于聖宋歲之甲乙列于正國之年世列于下稽諸史牒咸得其實先生授于建谿張君子於張君所得焉周平而上或患其闕因自堯舜而補之夫先生之圖祖春秋也某之所補祖斷書也聖人之法相為表裏不亦可乎皇甫謐曰堯

生甲申歲孔安國曰堯年十六以唐侯升為天子故即位于己亥也書試舜之年曰朕在位七十載故試舜于戊申也試舜三載曰汝陟帝位故舜攝於辛亥也二十八載帝乃殂落自舜攝之年其崩於戊寅也舜生三十徵庸故舜生于己卯也三十在位歷試二年攝位二十八年故即位于庚辰也禪禹于壬寅也正月朔旦受命于神宗故禹攝于癸卯也五十載陟方乃死故崩于己巳也史遷曰舜崩三年而禹即天子位故禹即位于壬申也皇甫謐曰夏

啟元年歲在甲辰禹當先啓三年而崩故崩于辛丑也

皇甫謐曰禹年百歲故生於壬戌也又曰啟立十年而

崩故崩於癸丑也自啟至于周之共和不得而補年祀

不明故也唯汲冢紀年曰夏有王無王用歲四百七十

有一故夏亡於壬戌也夏既亡商宜有天下於次年故

湯踐位于癸亥也皇甫謐曰湯踐位十三年而崩故崩

于已亥也汲冢紀年又曰湯滅夏以至于受用歲四百

九十有六故商亡于戊寅也商既亡周宜有天下於次

年故武王踐位于己卯也共和而後皆據史遷年表而補之噫自啓至于共和年祀不明則有矣世次可得而明故載爲三代世譜時皇祐二年二月二十六日序

楚風序

楚風者何楚人美太守之詩也詩有四始曷爲謂之風本乎師乙之法師乙曰正直而靜廉而謙者宜歌風進身以道吾太守之正也不爲勢曲吾太守之直也仁不撓物吾太守之靜也介潔自守吾太守之廉也接士降

已吾太守之謙也故楚人之詩有美正直而靜者有美廉而謙者得師乙歌風之法是以謂之風也

清獻趙公壽塋頌序

元豐二年春資政殿大學士太子少保趙公連章得謝歸于三衢是年冬卜壽塋于先塋國令公兆域之側乃自作頌題於壁間後五年公薨天子聞訃震悼輟視朝優錫賻典以太子少師告第太常攷行以清獻易名尚書省集議僉以為當朝廷從以謚焉古未有也公子屼

初辭御史又辭太僕丞願就養于南國上嘉其世孝詔提舉兩浙路常平廣惠倉以便養志也及遭鉅創每視壁間所書頌則號慕殞絶思刻石以廣其傳乃屬某以為序某聞患莫大於愛生累莫重於畏死至人無已悟其本不生故其存也無所愛達其未嘗滅故將亡也無所畏惟其無愛無畏乃能致其忠竭其孝一其誠而冥於道至於不隕穫於貧賤不充詘于富貴見利不虧其義見死不更其守其餘事也公之頌章首曰吾政已致

蓋戴吾君從其乞身之請退而不敢忘其忠也次曰歸此山地蓋言吾親全而生之已將全而歸之沒而不敢忘其孝也又曰彼真法身不即不離蓋了覺本源實無生滅一其誠而冥於道也公其至人乎來者觀其頌則知所存矣元豐八年冬某被命典客訪道南游將還京師得公子書至武林乃為序公

石聲編序

嘉祐五年夏四月儂智高叛廣南晉康太守趙公死于

難夫賊勢不可敵而太守敵之不曰勇於義乎去晉康則可以生而太守不之去不曰固其守乎既知其不可敵又知其不可去而太守不自屈其節而死之不曰忠于國乎故聞太守之風者庸懦之人激而勇苟生之人激而守姦邪之人激而忠有是三者之大節而為教于天下天下賢君子得不聞而稱之乎是以具于奏牘者二狀其行事者二銘表其墓者三記於祠堂者二形于聲詩者不可遽數太守之弟殿中丞世弼集其所得詩

以示傑且以序見託傑按樂記曰石聲磬磬以立辨辨以致死君子聽磬聲則思死封疆之臣請名其集曰石聲編將使萬世君子見其詩思其人其猶聽石聲而思之云爾太守諱師旦潛叔其字也

講周禮序

周禮者周公建六官致太平之書也公以聖人之德極輔相之尊通天下之志成天下之務故能作是經述是禮為萬世之大法也其略見于周官其詳載于六典六

典者何治教禮政刑事也治無不統天之道也天官家宰以掌之教無不容地之道也地官司徒以掌之和擾者禮其序春也春官宗伯以掌之正大者政其序夏也夏官司馬以掌之肅嚴者刑其序秋也秋官司寇以掌之富有者事其序冬也冬官司空以掌之治則不言而化也教則見于言矣禮則見于容矣政則見于令矣刑則見于威矣事則見于物矣此其精麤先後之序也六官師其屬三百六十朞之日也自天子諸侯至于公卿

大夫貴賤莫不有位自王畿至于侯甸男采衛要蕃遠近莫不有制自天地宗廟至于百神祀享莫不有常自正月之吉至于歲終施為莫不有時自人至于鳥獸草木養之必有其道自宫室至于車服器用制之必有其法無一職不脩而王道備無一物不化而歲功成此所以致太平而敬天命也不幸遭羅秦火絶滅典常出自山巖遽藏秘府冬官亡失既不獲其完書士儒相傳久已弊于俗學聖上憫其若此命儒臣以訓釋旨歸列之

科選使成周太平之迹煥然著明於本朝誠千百年希闊之遇也然而執形器度數之學者不知制作之所存泥道德性命之說者不能考合以適用蓋學禮者之所蔽惟不執不泥然後能盡變通以致用上以副朝廷經術造士之意不其盛歟

題跋

題孔融四公頌

華陰靖節先生寶九歲時放一黄雀其夕有一黄衣童

子再拜曰我王母使者感君仁愛救拯實感成濟授以四白環令君子孫潔白位登三事當如此環其後震秉賜彪四世太尉德業相繼及曹操欲害彪時孔融為將作大匠聞之往見操曰楊公四世清德海内所瞻今横死無辜則孰不解體融魯國男子明日便當拂衣而去操不得已而出之觀頌詩則見孔公之誠心矣此卷翰書奇古有御書印及空闕景皇神堯諱驗是唐朝内府所藏靖恭楊氏世世傳以為寶其世字民字尚未諱者

益貞觀以前書也

題范文正書伯夷贊

伯夷避位孤竹責仁于周義不食粟死于首陽可謂聖人之清已其于時也不亦難哉文正公書伯夷頌時今中書丞相侍行青社三十年間繼登宰輔澤被四海有若伊尹格於皇天有若伊陟格于上帝益千載一時也元祐四年四月四日權發遣兩浙提點刑獄公事楊傑謹題

題慧應大師運氣經絡圖

五音之變六律之序治樂者不可不知不知是而考擊成聲者豈非偶諧歟四瀆之源百川之會治水者不可不知不知是而疏導有功者豈非幸中歟黄帝之書醫家所重詳究其氣義五運六氣猶樂之五音六律也十二經絡猶水之四瀆百川也安可忽之哉余久官奉常屢被詔攷校太醫官之學者之於運氣經絡通者亦鮮然後知醫術之為難矣昨見錢唐慧應大師智全所出

五運六氣十二經絡圖曰名而攻其所學本末皆見於黄帝之書蓋家世師承有所自矣講學之暇益精於此其濟人之心孰禦焉元祐元年三月二十有九日洞庭舟中題

題浮渡山峯嵓圖

潛叟樂山水至浮渡樂而甚故為山之峯嵓圖一曰安為其可以居也二曰怪為其有所象也三曰險為其往之難也四曰幽為其邃而異也居廣泉甘安之上也有

一不及安之中也有一不足安之下也象而近之怪之上也象而或差怪之中也象而或疏怪之下也人不能往險之上也往而惕然險之中也往而或惕險之下也既遂且異幽之上也有一不及幽之中也有一不足幽之下也已而示于達翁達翁笑之曰子所謂安安之常也子所謂怪怪之常也子所謂險險之常也子所謂幽幽之常也吾聞之大安不居大怪不象大險不難大幽不遂安乎怪乎險乎幽乎在於是圖忘其圖不盡山之

勝之乎此巖圖其來固久歷世狀者不知其幾人矣其如形勢尚未之辨則其安恠幽險又焉所及乎金陵僧慧淵善於水墨丹青非獨能辨其形勢至於安恠幽險悉精妙乎筆端實與造物者爭其先後也或平昔樂于山川者縱未達是境若披是圖亦可以盡得於心因矣

無為集卷九

無為集卷十

宋 楊傑 撰

記

洪州門記

今天子即位元年春三月己巳洪州初以州名表於門何以書重正名也豫章之水源於虔化會貢水而為贛東北至於洪崖之陽漢置郡曰豫章因水名也隋易郡

曰洪州因山名也唐治軍建節曰鎮南制遠俗也偽唐僭稱南都避中原而卜遷也皇朝削平僭偽聲教被於四海州名從隋仍舊貫也鎮名從唐存武備也鎮名則有節度使以領之州名則有觀察團練刺史以領之是二者之名不可闕其一也而鎮南之名固已表於府門矣惟州名則闕然未之表也兵部施公出守是邦以德義鎮俗事為有本迺命以州名表於中門表之所以正名可書不可不書故書

西水磨記

都城當萬國之要會升平日久草屋富庶四海内外寶貨叢聚車無停轍馬無綏轡晦明寒暑衢衝交馳乎其間有闤闠之喧所不及處已不可多得而況流水潺湲嘉木蓊鬱魚鳥上下風物清勝有山林江湖之氣象者乎都下水磨務有三皆國朝所置以供尚食暨中外之用然其景趣不同而所謂有山林江湖之氣象者西務是已將造其門水聲先出乎林間行及其旁則長槽瀉

波鉅輪激濤雷轟電射雪迸雨飛若𤍠谷簾若臨洪崖使人毛髮森然語言不能相接有景如此而都人罕有知者自宛陵梅平叔太原王漢卿之領是局也薦紳往往至焉主人嘉客之來臨流設樽拂石為坐垂釣清淵魚泳而間食彈琴曲渚鷗馴而不驚沙泉盈尺跣可以涉漁艇一葉醉可以卧方是時也賓主陶然如在江湖之上山林之中烏知車馬闤闠之喧哉朝野諸公多有詩詠或形汗簡或題屋壁凡數十篇漢卿官滿懼異日

之遺墜乃鑱諸石以傳永久知予尤愛其景故託以為序蓋所願也元豐二年中秋日述

淮陽古井記

淮陽之井鹵而少甘其民多汲于沂泗光禄卿劉公之守是邦也問風俗而始知且歎之曰一郡之井不為少矣胡為斯民捨近易而趣沂泗哉謂井不可食豈其然乎於是使人徧汲郡井而嘗之俄於後圃榛莽之間得廢井焉其泉洌然若冰而甘以之烹茶則茶浮而味久

以之釀酒則酒醇而色清人以舊所畜楊子南濡水及惠山泉以校之則輕重幾乎等矣爰命缶以出其濁石以潔其外亭以覆其上由是餅繘不絶汲者便之予道過淮陽得其語於郡人公且以記見託予聞井者德之地也古今有變而井不變猶士君子之有常德乎故井不患乎不汲患乎泉之不洌士不患乎不用患乎德之不脩泉既洌矣德既脩矣人或不之汲世或不之用非井與士之不幸蓋物不幸得其利爾噫斯井也前此幾

千百年荆榛蔽之泥沙混之禽所不窺人所不食豈其泉之不冽耶曷其湮塞之若是耶使秉權者有能推劉公求井之心以求賢則豈獨能輔天子之明且足以均天下之澤矣易曰井渫不食為我心惻可用汲王明並受其福此之謂也治平三年五月十日無為某記

二軒記

臨頴令楊彦武謂無為子曰我山陽嘗構二軒於燕習堂之東北隅二軒之制不侈不陋聚書萬卷足以示子

孫潔嚴豆觴足以奉賓客累石以為山無摧輪折軸之險而蒼翠可愛鑿石以為沼無狂風怒濤之畏而清泚可鑒也野芳秀而香不知所從幽鳥啼而聲不知所起每閉戶宴坐陶然自得頓忘身世之累行將觧紱綬之縛而歸休其間因名其一曰覺軒其一曰息軒蓋覺性未悟求悟者指之息心自信求信者言之指而言之非子而誰夫並萬物而生於天地閒其靈貴於萬物者人之所也鳥獸蟲魚惑於所嗜嗜而不能自息此其所以

為人獲也夫學而有見者覺也自心而休者息也不學則不能自覺無所覺則不能自息覺則不惑於所嗜息則不困於所動其幾於道矣昔人有言畏影惡迹而去之走者舉足愈數而迹愈多走愈疾而影不離身不知處陰以休影處靜以息迹是豈足以語二軒之意歟元豐三年秋七月記

養志堂記

親心所嚮謂之志善承順者謂之養子之事親養志為

大養體爲次故元之於參不若參之於晳此孟子所以優稱其孝而孔子授以經也於戲曾子世不得而見之得見慕曾子者其亦庶乎鉅鹿魏丞綸即龍圖公之嗣子也爲知者所辟將擢其任君辭所舉而以潯陽榷酤爲請便親養也是時仲氏官於豫章兩境相望不數百里太夫人所至安問交馳晨昏寢食怡怡如也諸大夫以是稱之而名斯堂爲養志云無爲子聞之曰事親孝者忠可移於君古者求忠臣於孝子之門良有以也然

而有隱無犯事親之道也有犯無隱事君之道也色難之難猶犯顔之難不難其難其孰禦焉篤於誠而已矣

熙寧三年八月十五日記

九華藥圃記

生九華山多靈藥樵蘇耕獵居人游士日往來於其間而罕能辨識故其藥初不見用於世藥之見用非藥之幸適病者之幸也藥不見用非藥之不幸適病者之不幸也昔有至人過其山别其名品以示人曰此養命之

藥也此輔性之藥也此治其疾之藥也用之莫不然由是九華靈藥多載方書山中之人悉能辨識盖有所自矣永静太守南陽滕大夫潤之家於池州州距山甚邇嘗築圃於所居之西擇九華之藥可以種者種之可以移者移之分畦以别其品立石以識其名清泉灌沃澤根本也惡草鋤去養善類也不雜花卉悦不在目也不植蔬果嗜不在味也藥齋居中用藥之書聚為藥軒在北治藥之器具焉華實根葉采之有時君臣主使處之

有序以之攻疾疾無不痊以之施人人蒙其惠於是藥圃之名傳於搢紳莫不慕大夫之所存無為子聞之曰噫是烏足以盡大夫之所蘊歟大夫之先內閣公在祖宗朝嘗獻苦口之忠言上以醫國建去害之長策外以安邊人到於今賴之大夫承義方之訓性治行修平生懷濟物之術所至必蠲民之瘼讀家藏儒釋道諸書愈久愈深其學博而不自務其善積而不自有在老氏曰滌除玄覽能無疵矣在圓覺曰於大乘中發清淨心遠

雜諸病筴乃知藥圃之設為恤物之一端烏足以盡知大夫之所藴乎元豐八年五月十一日記

秦氏中齋記

齋學舍也君子居而齋肅焉故曰齋中名之從筮也皇祐元年冬十有一月朔秦君學舍成索夫淵而筮之過中一一一一一方一州一部一家天首也家性曰星曰牽牛時曰冬至數曰奇楊其辭之曰星舍於此與首同德冬筮而冬在時曰從畫而逢陽迺數之祥一之文曰賢人天地思而包羣類也居之

者其潛心之遠乎五之文曰君子乘位為車為馬駢可以周天下居之者其將獲用於時乎七之文曰仁疾乎不仁義疾乎不義君子寬裕足以長衆和柔足以安物居之者其將能任於刑德乎是之謂星時數辭從故名之而記於壁

采衣堂記

婺源胡氏五世同時子養其父而逮養其祖之祖父鞠其子而及鞠其孫之孫州閭鄉黨推為令族嘗構堂於

家園宅風物之勝處羣峯環翠屏如也寒泉湛碧鑑如也幽芳啼鳥愛之而不可勝名先木脩竹蔭之而不可勝算每晨昏燕閒親族咸集老者坐於上稚者戲於下長者待於側少者服其勞山樽野餗具不待豐而人以為甘矣况有豆觴之奉乎嗚缶擊壤樂不待舉而人以為和矣况有簫鼓之繁乎頽垣隘宇居不待壯而人以為安矣况有大厦之庇乎㡡裘緼袍服不待侈而人以為楚矣况有采衣之絢乎乃祖乃父乃子乃孫雍雍怡

怡以遨以嬉歲月久而不厭齒髪晚而不衰搢紳大夫樂為歌詠以牓於堂目其堂曰采衣盖取老萊子之養以美之也既而聞於京師求無為子以為之記無為子曰前此百有餘年僭偽未克日尋干戈父不得保其子者有之子不暇給其父者有之矧有五世一時而安居者耶觀胡氏采衣之樂則海宇升平之久可知矣是可書也熙寧六年重九日記

雜文

世網篇并序

遠翁居於淮之濱潛叟過之而舟於淮潛叟東指謂遠翁曰樹林之陰項笠衣蓑者有所負乎翁曰網叟曰烏乎用翁曰茲取魚具也且世亦有網君知之乎叟請達翁因有世網説昔伏犧氏之有天下也爰圖書肇人文納百姓於治而百姓不知其所以網因作佃魚之器以明已之用故易曰顯諸仁藏諸用百姓日用而不知然則世之網經營於此乎已而授神農氏神農得而歸天

下之民獲天下之貨及其世衰子孫不能張焉故有軒轅氏生以正其綱紀綱紀既正以之授少昊少昊以之授高辛高辛以之授摯摯授之而不能舉且罹洪水之患網之綱幾乎頹聖弟放勲亟命鯀以治水鯀功不成而繼以文命文命獲洛書而能治之水患既平網亦以緝故書曰天錫禹洪範九疇彝倫攸叙堯既張之而民亦不知其張有擊壤而歌者曰日出而作日入而息鑿井而飲耕田而食帝力何有於我哉堯以舜賢而授舜舜以

禹有功而授禹禹以授啓自啓而後世失其人縱田獵而瀆之者有之矣樂酒色而亂之者有之矣故墜於弛廢而不舉湯患於意者久之因出見網張于野不知意之形于聲曰自天下四方皆入吾網已而懼言出之而遇桀之刑因就變曰吾不忍盡取禽獸盡往歸焉且不知其入湯網也歷數世而子孫暴亂其網之墜猶夏后氏之末世西伯昌興而叙之故其詩曰勉勉我王綱紀四方西伯以之授武王武王受而大闢之以納天下故

其詩曰自西自東自南自北無思不服武王以之受成王成王守之而正天下故其詩曰受福無疆四方之綱及其世衰則有諸侯千紀以亂其叙故雄曰周綱解結羣鹿爭逸自畤而至五代蠹網家流出焉或執器而斷之或闢路而逃之人有識其器達其路則陶陶然熙熙然不為是非哀樂動其心不為得失生死累其正君子以之静小人以之亂非曳不可使之知知是網其知幾乎

南山移文

繁昌之南有山曰隱靜其林泉為江東之勝物外之人多或樂之吳越江逸人愛而不能去無為子遊必見焉逸人一日出山久而未歸無為子惜其不返將督人以歸因思齊朝周彦倫嘗隱于鍾山後出為海鹽令欲再過其山孔稚圭乃假山靈之意移之使不許得至故云北山移文夫責於已失不若救失於未然使其不得至不若督之以歸故作南山移文且以簡于山居二師云

繁昌之境南山為勝君子有時而隱仁者所樂乎靜松

巖重門石開修逕玉琮琤乎雙溪屏回環乎五嶺旦禽
啼而杵藥夜谷響而鳴磬子虛之洞兮鍊九鼎而雲飛
碧霄之泉兮涵萬象而月瑩昔在梁國粤來西聖盃浮
空兮倏忽千里錫穿石兮汪洋三井寺以之建徒以之
盛間有高士卜居盡性無脩而修無證而證非分別以為
智不起滅而為定有蒲有葛足以備於歲服有芧有蕨足
以充乎晨甑名不及兮冗無塵纓利不在兮喧無俗乘子
居之安兮吾以子慶出子之久兮吾以子病歸歟歸歟子其

吾聽

圓同庵銘

圓同庵前睦州江令尹家圃元豐八年冬錢塘淨慈本禪師為題其名又請余銘云

南宮令尹 結庵桐廬 泯絶一致 森羅萬殊 芥納須彌 像入明珠 牕壁户牖 几杖屏盂 動静語默 夕寢朝餔 可卷則卷 可舒則舒 孰得而親 孰得而疎 其小無欠 其大無餘

強為之名　圓同太虛

圓寂庵銘

萬化一源　萬念一息　法無不圓　念無不寂

強名而名　車塵馬迹　是庵何如　風清月白

休老堂銘

妙高峯頂　不住正處　毗耶離城　別開一路

鐵鉢銅瓶　葛巾草履　付者不取　取者不付

谷有歸雲　木有凝露　獅子頻伸　象王回顧

門外老胡　一葦橫渡

愚齋銘

嘉祐四年秋八月大理評事孫琪建愚齋于山陽官廨之東郡學教授試秘書省校書郎楊傑為之銘曰

自賢其愚　小人之徒　賢而自愚　君子之儒

齋乎齋乎　君子所居

清白堂銘

清不足恃　白不足務　爾恃爾矜　人其爾憎

衆濁獨清　屈原所以損其身　知白守黑

老氏所以全其真　清哉白哉　難乎其人

能於是乎　其與道鄰

無為集卷十

欽定四庫全書

無為集卷十一

宋 楊傑 撰

表啓

潤州到任謝皇帝表

久官省寺無補朝廷乞守方州願伸微効拜伏新命得經歲以待期歸省故園實均恩於賜告慰見民吏恭布教條中謝伏思臣少起農耕長從科舉策名清世垂三

十年備員太常連六七任在先帝一朝禮樂嘗玷討論
遇陛下千載風雲屢更任使以至陪賓講道入部為郎
既逃辱命之譏仍免瘝官之責遽形外請蒙賜中俞此
葢皇帝陛下洪覆無私靡遺一物大明繼照廣被萬方
纘至治於唐虞不忘勤德保成功於文武克念宜人致
此懦愚亦膺委寄臣敢不下求民瘼上體天心宣化承
流冀仁恩之浹洽惟良共理思訓勑之丁寧誓罄涓埃
仰酬造化

潤州到任謝太皇太后

乞守方州初虞僭冒豈圖睿旨曲賜允俞已見者年仰
宣聖澤中謝伏念臣生本寒士出逢盛時强起應書累
嘗隨賦自忝一第歷奉四朝惟知直道以事君詎肯阿
權而進已省寺丞之歳月屢遷犬馬之齒漸衰天地之
恩未報固求補外奚止便私恥將空老於熙辰寔願收
功於晚景而況潤稱京鎮爲江左之名藩唐擇守臣總
浙西之諸郡禄豐地重材薄望輕退省無能拜榮增懼

茲葢伏遇太皇太后陛下母儀累聖子育羣倫其仁如
天每聽毕而矜恤以慈爲寶務從治以生成致此瑣材
亦分優寄有民有社敢上負於蒼穹盡孝盡忠誓益堅
於素節

兩浙提刑謝皇帝表

守符未久報政無聞叨被聖恩就移指使中謝切以先
王明罰期鄕教以化成君子盡心必求生於参聽遣使諸
路自我盛朝獄非無辜人浸餘澤以至完甲兵以禁其

冦暴積倉廩以濟其困窮惠民為深領職尤重如臣蹇
拙適用寡能拜命戰兢以榮為懼茲葢伏遇皇帝陛下
道周庶物德被萬方堯舜好仁於變可封之俗成康善
繼寖隆幾措之風敢謂渥恩致加微品臣敢不詳其枉
直約以重輕仰酬欽恤之誠敬奉丁寧之訓誓捐頂踵
圖報乾坤

兩浙提刑謝太皇太后表

出守左符未逾朞月遽聞赴闕之命尋乞外邦致膺持

節之華就移本部拜恩視事冐寵踰涯中謝竊以祖宗以來屢降欽哉之訓典刑所繫審知使者之難江湖尤重於三吳囹圄與聞於一路俾無寃濫責以澄清玆蓋伏遇太皇太后陛下坤順含光巽齊申命媧天寖補鼇安立極之功漢網益寬魚泳吞舟之樂臣敢不敬遵中典上體至懷刑期無刑祈報大生之德訟使無訟助成丕變之風

謝修南朝正史及賜筆墨表代王相公

叨被寵休伏深戰懼中謝臣聞堯舜盛德書首載於典謨文武成功政備存於方册信莫如史才難其人直筆所傳歷代攸責惟二聖之言動著百王之範模賢能進而任本朝廷禮樂興而度越今古賞有功而善者勸罰當罪而惡者懲區宇攸寧人物富庶將紀隆平之治用詔無窮必資該洽之才仰膺茂選豈宜寡陋獲玷討論荷給札之殊榮徒懷鉛而增悸

禮部賀冬至上皇帝表

伏以七日陽生氣肇萌於子位八龍樂奏音已協於黄鍾君德寖昌人心胥慶中賀恭惟皇帝陛下對時化育凝命穆清適當景至之辰擁集朋來之祐推策迎日履長用保於無疆理物承天行健永期於不息臣某等幸逢令序獲遇熙朝同傾百辟之心上獻萬年之壽

禮部賀冬至上太皇太后表

伏以御察璿璣二曜應乎合辟審觀玉律一陽動而飛灰雲物効祥鐘竽協樂驩騰華夏福集邦家中賀伏惟

太皇太后母儀三朝子育羣品祐神孫而隆慶扶寶運於無疆政必身先順布陰陽之教神潛德本默參天地之心推周歷以開端望堯門而獻壽

禮部謝春衣表

伏蒙聖慈賜臣等春衣者切以天道下濟常覆被於羣生春服既成首分頒於庶位中謝恭惟皇帝陛下順時布政愛物推誠寵賚所以勸功寒燠與之同體爰自造庭之士咸均在笥之華臣某等就列垂紳蒙恩賜帛無

補經綸之業稱服其難退思機杼之勤飾身益愧誓堅

大節仰報至仁

禮部謝冬衣表

萬乗御裘方戒祁寒之備羣臣受服幸無終歲之憂偃伏知縈曳婁增賁中謝恭惟皇帝陛下誕敷醲化廣庇含靈齊七政以觀方叙四時而成信凡有加綈之煥軫及外庭士均挾纊之溫敢忘盛德臣等拜恩華篸省已愧兢誓極捐軀庶將報國天地至大曲全生育之功松

柏後凋顧固始終之節

白溝謝御筵奏狀

將命秉軺講鄰懽而惟舊及疆授館蒙郊勞之至優豐腆肴觴溥霑皂隸荷惠慈之加厚在誠意以深銘

新城謝撫問表

伏人在道方伸入境之儀使者傳言遽拜問行之惠中謝切以肅將國命敦結鄰歡屬寒律之載嚴荷溫辭之曲諭仰懷恩眷第極感銘

中京謝皮裼表

候届祁寒恩均盛服恭承存撫滋集欽銘中謝切以誕

節修儀軺車將命善言曲諭已均挾纊之温厚意所加

仍拜授衣之寵實懷無斁叙感奚殫

謝館宴奏狀

弭節修途柅車華館重沐示慈之貺益銜將意之隆仰

荷眷私第銘衷悃

謝賚賜酒食奏狀

征軒爰止旅次甫寧薦紵肴醳之霑仍厚饔飧之品永惟刻荷莫究喻陳

謝王餼奏狀

軺車將命夙致於隣懽多物在庭特豐於賓餼仰祇恩禮深激悃悰

謝射弓御筵奏狀

息驂騑而就館夙被眷存講燕射以娛賓繼叨恩貺矧乏和容之善徒增拜賜之勤

謝餞送御筵奏狀

軺軒修好方成命以言還祖席優賓復寵行而垂眷感銘斯切敷叙奚殫

回燕京留守三幅書

恭持信幣甫届陪都方脩汗竹之儀特辱縈函之貺諫欽謙揖徒切感銘

回中京留守赴筵書

修慶誕辰假途畿壤方駐巾車之役遽申酌醴之歡叙

荷意勤永葴衷素

回諸州名赴筵書

肅將信幣方梘軺車敢圖主禮之勤特辱賓筵之召悚

葴彌切敷述奚殫

回日謝中京留守召赴筵

講睦實隣還經樂土特辱餞亟之貺仍煩燕豆之陳重

荷眷私倍增感悚

謝杭州蒲左丞啓

皓首為郎愧無功而報國朱方守土據有請以蒙恩涓日莅官依仁為幸叅以判府資政左丞學深原本識究幾微四海元龜三朝舊德忠以許國人無間言出鎮東南敷休中外棠陰方茂斯民惟恐於公歸槐位久虛品物顧依於神化某荷知有素託庇云初支郡所拘不得親承於教令輿人同欲其將再入於陶鈞

謝蒲左丞薦啓

伏蒙封章誤有論薦者竊以朝廷選士言取信於大臣

君子愛人才不遺於片善稱揚蹤等感仰悖衷伏念棊
賦性甚愚適時無術雖預聞於禮樂曾何補於邦家惟
知固守於舊章詎敢曲從於異論自慙寡陋公則譽其
該通人笑闊踈公則許其訂正昔依造化垂庇已深今
託部封辱知尤重兹蓋安撫判府左丞資政存誠仁厚
為力寒微弗求備於一夫推博愛於多士經營大廈國
工無可棄之材旋斡洪鈞真宰無不陶之器荷恩特達
鏤骨深銘期勉力於後圖庶不辜於先鑒

交代

叨被聖恩獲承府政夙敦事契益朴悃悰交代某官臺閣元英朝廷碩哲久淹大用屢易名區方此名還佇膺顯拜顧蒙成之甚幸愧代斲以非工賴有餘風得為來範聯登桂籍已均兄弟之親交受竹符愈重子孫之好披瞻在邇跂望尤深

賀無為知郡

伏審涓辰已踏視印恭惟慶慰某官世傳忠義天禀賢

明分宵旰之憂惟良共理為生靈之福易地皆然江民方切於去思須郡久歌於來暮五月而報即聽政成一節以趨佇聞君召某竊嚮風有日拜德無階顧惟父母之邦幸陶飾化重計廟堂之器難久外藩伏乞上為朝廷精調寢膳

回賀王敏甫學士館職啓

竊審光被寵恩進膺華秩自聞成命彌切忭心伏以圖籙秘藏上帝名之册府賢能叢聚前古謂之蓬山豈徒

収較籍之勤盖所重育材之地文章翰墨得士為多輔弼公卿由此其選時髦顯擢輿論僉歸恭惟判院學士國器宏深天資茂粹綵衣就養業詩禮以趨庭青雲致身角英雄而入彀衆識高譽名重上知方挺秀於相門再假途於儒館金匱石室雠千載之遺文鈿軸牙籤傳一家之舊物經綸有素步武曷量固宜自負以軒昂敢謂不遺於鄙賤連城至寶過僻陋以暗投萬里亨衢知扶揺之遠到銘深肺腑留示子孫

賀馮待制知揚州

伏審輟班近侍出鎮雄藩凡豫庇庥伏增慶抃恭以知府待制器深朝廟德粹圭璋分注上憂暫從外補溥天之下搢紳推翰墨之師自淮以南籌幄賜生靈之福佇聞節名入贊嵓司某幸以不才叨佐屬郡燕雀微羽棲大厦以在期荊棘凋叢戴卿雲而有日伏乞上為宗社精調寢興瞻望旌麾下情無任欣躍之至

賀吳司諫館職

鑾審光奉寵書榮陞秘館伏惟慶慰某官脩誠端本造道資深擢自賢科任當諫列盡忠補闕增帝袞之文章執節彈邪聳王朝之繩墨聰明眷注中外樂趨會芸閣之掄才慶蓬山之得路牙籤鈿軸緝唐室之遺經金馬石渠踵漢儒之故事豈圖謙德先辱珍函曩屬居憂久稽馳慶感悚之至併集所懷

賀歐陽樞

鑾審光被制書榮陞樞府伏惟慶慰某聞宥密之職太

平所基賢哲在官生靈受賜豈獨一時之福寔為長世之休恭以樞密侍郎上台元精清廟重器文章道德素推天下之宗帷幄籌謀默賛聖人之治剸裁幾務恊契輿僉將使朝廷無萬里之憂夷夏服兩階之化三山僊路昔游翰墨之林九重帝心今注詩書之將安危所繫中外具瞻永扶丕圖大庇羣品

賀南京留守張端明

伏審抗章得請出鎮榮歸於朝廷則地重而寄優在閫

門則意承而色順由聖賢之相遇致忠孝之兩全惟侍
奉親闈燕安里社明珠還浦故都增川媚之輝靈鶴歸
遼舊俗有羽飛之望上方眷求元老虛佇嘉謀行聞節
名之嚴入被咢司之拜用為霖雨徧敷潤於邦家勿剪
甘棠永垂陰於桑梓某夙承獎擢即豫陶鈞趨覲未前
具瞻尤切伏乞上為宗社調護寢興

賀東宮待制

伏審光被寵書榮遷峻秩伏惟慶慰竊聞職清內閣任

重先朝必擇正人以副輿望恭以某官搢紳繩墨廊廟
棟梁爰自春宮夙隆天眷商山舊德漢皇之羽翼已成
秦府功臣唐代之典章取定即升台席大庇邦氓某屬
在浙江叨乘使傳末由趨慶伏重跂瞻

賀杭州蘇内翰

伏審抗章中禁得請名都竊惟慶慰恭以知府内翰識
究幾微學深原本忠義聳本朝之望文章為多士之宗
四近未陪輿情攸鬱顧東南之會府益茂棠陰采中外

之公言願陞槐位五月而報即俟政成一節以趨竚膺君名某荷知惟舊瞻德有期跂望旌旄早情無任欣忭之至

賀熊待制移金陵

伏承抗章玉闕得請金陵竊惟慶慰恭以判府鈐轄侍郎待制德重端朝忠純體國未陪四近彌鬱羣情顧六代之名區隣三吳之舊境假途紅幕欽婉畫之尚存移建碧幢實坐籌之有賴錦繡增榮於榆社封疆密接於

棠陰即趨名節之嚴難久偃藩之樂

上茹都官明堂圖書

某聞大禮廢非至聖莫之興大禮興非鉅賢莫之述明堂之禮其天下之大禮乎明以出政教幽以交神靈根萌于黄帝唐虞幹枝于夏商周華葉于秦漢魏晉宋齊梁陳隋唐之間剪伐於五代蘇培於今天下前曰大禮廢非至聖莫之興者此之謂也然而朝廷林藪臣子億萬舉知大禮之興鮮能述所興之禮惟閣下既能知之

又能述之作為詩頌奏露天子若夫造化之工張列三辰羅布萬物以文飾天地未足狀其功也秋江夜濤春山曉雷浩浩轟轟𤁬震不絶未足狀其辭氣也孤竹之管雲和之瑟圜丘六奏感徹太極未足狀其音容也神仙之庭嶽瀆之藏阜積金玉淵聚珠貝未足狀其富學也是以聳動旒冕特詔襃寵外蔵之太史氏千萬載後為世盛事前曰大禮興非鉅賢莫之述者此之謂也某襟衣塵埃聞見寡隘閤下辭學敢望之乎二者不敢有

望於閤下於閤下之功固不敢有所望也然而心膽壯鋭不甘無述故搜歷代明堂之制于經經不足以及乎傳傳不足以及于史其文雖得其象莫見迺索文而求象據所象而為圖圖成而其篇二十歷代之制敢謂十得其八九矣其有辭枝義失世所不從則畧而不取其所以不自赧縮遠從山林敢投於獻門下者非徒然也欲乞閤下政餘賜覽損益差繆以足其心爾閤下不以寒賤為郤而從之則異日國家建明堂訪古制某進所

圖無復畏慴矣非獨為寒賤之光抑亦使當世知閤下風化之致焉

上金陵知府書

傑無為人以淮南方伯之召而客于楚聞南使過楚楚人有問之者曰爾不遠萬里將有獻於朝廷其何物邪使者曰炎海之濵有獸其神若兕匪兕若麢匪麢一角載義四蹄履仁行以中矩遊而不羣為世之瑞命之曰麟楚人曰角之戴義義不足以尊尊蹄之履仁仁不足

以親親行之中矩不足以世法遊之不羣不足以為絶倫匪兕匪麕麕兕之隣瑞之來何所補於吾俗瑞之隠何所損於吾民世之治亂在乎人孰謂繫於斯麟使者屈之默然而去有於此少而窮仁義之原長而得仁義之道非仁義之行不敢以行非仁義之言不敢以言不生於窮荒之地而生於中和之域不求知於擴俗而求知於大賢或遇其知而獻之朝廷則非獨使萬目之駭其必有補於世而不玷乎大賢之知雖不足以為天下瑞而亦無

愧於是麟也願閣下少加意焉伏惟閣下富文老學天下宗師所黜所譽士林權鑑傑世族寒賤人所不顧今日之來不敢謟言支説取瀆大君子敢以所聞獻於門下以俟進退

無爲集卷十一

欽定四庫全書

無為集卷十二

宋　楊傑　撰

碑誌

故武信軍節度使謚康簡追封循國公神道碑

寶元二年秋七月辛丑宗室金紫光禄大夫檢校禮部尚書使持節和州諸軍事和州刺史充本州團練使兼御史大夫上柱國天水郡開國公薨于秦邸之正寢上

聞之震悼車駕臨奠親撫衾歛哀慟久之慰恤諸孤恩禮加等贈武信軍節度使追封循國公特賜白金三千兩緡錢一百五十萬絹五百疋命使監護及遣内省夫人中貴卹治内外事用度悉出於官太常用一品鹵簿儀衛以送喪物窆于奉先佛祠諸子號慕過哀乞廬其側至某年某月某日葬于某州某縣某原禮也太常議謚以謂公質直重厚志尚敦雅下賢趨善素履安夷和柔之德中外推挹案謚法曰温良好樂曰康平易不訾

曰簡尚書省集官考覆輿論爲允乃謚曰康簡易名之典兼二法之美也公諱承慶字祐之初名承宗宣祖皇帝之曾孫太師尚書令秦悼王諱某之適長孫護國軍節度使兼中書令高密郡懿惠王諱某之適長子也公天資忠孝才藝超卓器識宏遠信厚愷悌世以賢公子稱之雍熙中隨侍高密王出判濟州淳化二年奉宣補衙内指揮使每入貢至京師太宗必召至禁中詢訪州郡風俗山水應對詳敏莫不稱旨因改今名乃授西頭

供奉官時濟州囹圄屢空監郡劉蒙叟數奏上喜顧左右曰承慶父子曉事盡心公家因賜金鑲玉弓二寶帶以寵之濟州舉人程文應格者多高密王欲盡薦于朝有司以解額難之王曰賢者太平嘉瑞文王以多士寧周薦賢乃諸侯之職於是具奏盡數貢于春官至今濟州薦送之數比旁郡為優自高密王始也公與有力焉孔子曰聽訟吾猶人也必也使無訟乎書曰野無遺賢傳曰孝子成父之美公父子見之矣真宗皇帝祥符四

年扈蹕汾陰改東頭供奉官七年改内殿崇班恭謝天地禮成加銀青光禄大夫檢校太子賔客兼御史大夫騎都尉十八年上玉皇尊號加金紫光禄大夫改内殿承制天禧元年合祭天地加天水縣開國男食邑三百户二年秋八月立皇子昇王為皇太子授内園副使三年南郊加檢校左散騎常侍進封開國子加食邑三百户乾興元年二月皇帝御正陽門加食邑三百户上因曲宴謂諸宗室曰汝等在先朝所歴事節宜各畫所見

奏聞公曰先朝事節備於政要臣嘗扈從車駕封太山祀汾陰朝謁陵寢幸亳社廵守澶淵以至大酺可謂盛事皆所親見上曰更記内家甚事無所諱避切欲聞也公曰容臣退而編録上進旬日具所見聞進呈御札褒稱仍許非時上章公於朝政所補非一而其藁不存於家其慎密如此傳曰古者造辟而言詭辭而出公之謂也車駕幸後苑賞花釣魚翌日宗室入謝上曰卿等賞釣樂乎衆曰甚樂公獨曰臣一憂一樂左右皆愕然失

色上曰大王何所憂曰臣昨日伏見御幄臨淵侍從數百人側立危欄之上臣不敢不憂既而龍輿廻轅賞花宴集上下同驩詠歌太平時當豐稔和氣充塞臣不得不樂上顧近戚曰大王愛我如此卿等宜法命取白羅扇御飛白書承慶祐之四字以賜焉夫危樓舩以忠諫漢史稱之寵華袞以褒字魯史載之公有臨淵之憂帝有書扇之賜忠以愛君褒以勸善君臣之道可謂盡矣它日宣射上曰先朝多以卿為神射今日期必中鵠公

曰臣實無能偶或有中公拜命發箭雖不出正然皆不敢近鵠上知公之謙抑乃索御箭連中鵠是時御雙箭處中央公雙箭在下正上下相向端直如繩墨瞻者莫不歎仰帝甚悦賜對衣金帯鞍轡馬各二詔書褒異之毛詩云終日射侯不出正兮易云勞謙君子有終吉公得之矣仁宗皇帝即位授内藏庫使加輕車都尉封天水郡開國侯食邑三百户天聖二年恭謝天地加上輕車都尉五年十一月南郊加護軍食邑三百户七年九

月朝廷敦叙昭武之適優推寵命以公乃宣祖皇帝之曾孫秦王之適長孫高密郡王之適長子故特持節蔣州諸軍事蔣州刺史八年南郊加上護軍進封開國公食邑三百户明道元年改宮苑使檢校禮部尚書加柱國二年三月東郊籍田加上柱國食實封一百户是歲特授懷州刺史景祐元年公以足疾賜告調治二年南郊遷和州團練使加食邑五百户寶元元年南郊加食邑食實封二百户公養疾六載聖睠益隆既宣太醫朝

夕診療又時遣内夫人至第撫問非常禮也章獻明肅皇太后臨朝時以公名下一字犯彭城郡王父名欲令改易遣近侍諭之不從一日召於簾前宣問公曰彭城王諱天下所共諱也臣不敢不諱彭城王父諱非天下所共諱也臣不敢獨諱且臣名先朝所賜安敢私易以諂上識者義之公生平博覽墳典翰墨精妙以至樂律丹術仙録莫不洞究尤善屬文嘗注易二十卷極天人性命之理天子覽而嘉歎賜以金幣又著家訓三卷行

于世國朝以來宗室著述自公始也因真宗違豫公剌血書佛經以進高密王寢疾不脱冠帶而養上聞之遣内人撫問厚賜以旌過人之行及扶護先王喪往葬汝州會天旱井涸公夜致禱明日乃水泉涌出賜詔稱其誠孝之應經曰事親孝故忠可移於君孝悌之至通於神明於公見之矣公享年三十有九夫人涇陽郡君乃中書令和凝之孫也繼室永嘉郡太君虞氏皆賢懿有輔佐君子之道子六人曰克悟右班殿直早世曰克繼

贈定武軍節度使開府儀同三司建國公曰克絢贈青州觀察使曰克孝今任越州管内觀察使曰克肖贈右監門衛大將軍曰克顧贈昭化軍節度使女十人封號不同各歸顯族一早世一為比丘尼孫幾人曽孫幾人任某官公教子不以爵禄為重而重乎忠孝不以貨財為傳而傳以經術是以太宗朝諸王出鎮藩郡以公父子為才能真宗訪政事公獻忠言為多仁宗試文翰詔稱公子克孝秀出本支英宗立宗學教育親族克孝首

爲二宗師儒稱薦而復中上科神宗朝克孝著孝經傳
上進賜詔稱諭熙寧以來詔試宗室經術公孫叔敖叔
彖叔某叔某相繼登第元豐講行祀典擇宗子之無過
尤者躬執事于明堂宗廟是時循國子孫與祭者爲最
多議者以爲無是父則無是子無是祖則無是孫予觀
循國康簡公家訓三篇上篇述祖考昭穆之序陳忠孝
禮義之端集古人法語以爲家世之傳中篇篤勵學問
慎終言行重道義而輕富貴下篇言所慎在乎九思正

心以正身正身以正家仁而尊賢恕以及物具善不善之積明德不德之效于今子孫不忘其訓然後知義方之教澤流之遠何時而有窮已戎葵後四十年公子欲以公之善美昭示來世乃具行實請文以立碑于隧道

銘曰

於戲循國　宗室之英　忠孝仁厚　愷悌信誠

博學多能　秉爰典經　左右先王　政肅刑清

進賢報國　邦乂以寧　錫以寶帶　父子寵榮

諫章慎密　聖主從繩　勞謙終吉　射不出正

天旱井涸　葬親汝城　精禱泉湧　感於神明

天子聞之　詔褒以旌　曰康曰簡　懿哉易名

治家訓言　載之簡編　貽于後昆　忠孝之源

公子公孫　世其稱賢　寵禄令問　傳無窮年

故右諫議大夫贈工部侍郎沈公神道碑

沈氏之先出于周文王之子聃季食采於沈因而命氏

漢光禄勲戎徙居會稽之烏程後改烏程為吳興郡故

沈氏以吳興為望由漢以來世為右族宋有慶之梁有休文至唐潤州司兵參軍岌生愉為懷州都團練判官愉生僎為同州馮翊尉僎生師舉為太常協律郎師舉生籍為衢州常山令諱籍即公之高祖考越州剡縣丞諱德饒公曾祖考也海州朐山令諱仁諒公祖考也贈工部尚書諱平公烈考也太夫人胡氏封安定郡太君自朐山令徙居歷陽今為歷陽人源流深遠慶德相承篤生良臣器識宏博公諱立字立之少孤力學事母至

孝鞠育諸弟率以懿行鄉閭耆艾推以為法文詞敏贍
場屋有時名天聖中登進士第歴任桐城尉畿縣主簿
知績溪洪雅二縣通判夀州益州知池州杭州越州江
寧府宣州滄州入為三司户部鹽鐵判官判都水監知
審官西院出為淮南轉運副使兩浙京西河北都轉運
使充江淮兩浙荆湖六路都大制置發運使提舉啇胡
埽提舉崇禧觀以老焉由大理寺丞殿中丞太常博士
歴屯田都官職方三員外郎兵部郎中太常少卿集賢

殿修撰右諫議大夫贈工部侍郎公自初仕已能夙夜勤職廉義自持孜孜民事以報國家故所至郡縣為部使者皆以才稱公尉桐城盜不入境主畿内簿吏不敢欺治小邑皆興學舍在商胡采撫大河事迹古今利病曰河防通議世之治河者取以為據嘗遇蘇湖大水民多艱食公為發倉廩出餘財選擇部吏分主賑貸時諸縣有率大姓出粟為助者公曰官廩充牣烏用擾民悉還給之若積粟之家能自貸借下户者候其豐歲官為

理償民以為便存活甚衆初領朔方漕陛辭日英宗皇帝曰知卿用心公家故名卿經畫邊事慎勿張皇公遍歷邊郡經度處置人不以為疑葢能承上意也公總外計舊號冗劇施設皆有條理於是網吏絶僥倖之望疲兵無凍餒之苦金帛豐羨倉廩充溢天子聞而嘉之因奏計上從容慰諭云知卿素有才力更宜為朕用心及存問家屬諸屬子次第續遣中使賜中金二百兩以優其勞鎮金陵日上曰以卿清慎公慤故以重地委卿問

所藏書令進所編名山都水記三百卷并家藏書目乃
賜詔書敦奬公為北朝正旦國信使是歲契丹行册禮
遣儐介曰能同國中百官之服則入見不爾當叙班門
外公正色曰遠銜君命以通兩國之好安可門外見耶
項者迓北使到闕會本朝元會之禮亦未嘗命北使易
衣冠常禮不可遽易遼人無以答遂以常服入焉使還
賜金紫旌其不辱命也公嘗撰茶法易覽具述茶之利
害于人著以為令熙寧二年當轉對力言邪正治亂之

道語甚切直識者知其所存公事三朝白首一節生平樂經史手不釋卷自奉甚約其稍廩之餘皆供紙札之費故藏書埒於内府累降中旨就其第傳録以補官書之闕自元獻晏公而下卿士大夫有歌詩序記百餘篇以美其嘉尚既退歸歴陽嘗曰吾起家寒素仕宦至兩省藏書三萬卷以遺子孫年餘七十而支體康寧是無一不如意也每日與賓朋詩酒為樂所著名山都水記茶法易覽河防通議鹽筴總類賢牧傳稽正辨訛香譜

錦譜洎文集共四百卷公治家有法度教子有義方故内外雍肅諸子篤學所至有能聲皆其善教之致也娶夫人吴氏封濮陽郡君繼娶夫人董氏封仁壽郡君男六人長安國次安民早卒次安道次安上次安節次安禮女四人長適進士朱延之次適宣州旌德縣尉曲師德次適秘書丞裴維甫次適濠州司法丁源並早卒孫男十四人慶孫壽孫孝孫並試將作監主簿餘尚幼孫女三人公既薨樞密直學士錢公為銘以納於壙中其

後鄉人者舊懷公之德過公墓下則肅然致敬其孫請予文以書於碑其銘曰

沈氏之源　濬于吳興　會稽東陽　令聞繼承
逮于朐山　政肅典刑　德積慶餘　我公以生
起家文儒　策科帝廷　筮仕甸畿　夙夜靡寧
宰牧觀風　若權在衡　進秩侍從　始終不傾
會計外内　轉輸富盈　孝友于家　接物信成
利在邦國　愛均編氓　典領都水　濬治有經

民乃奠居　以耨以耕　審官進賢　公式黜陟

奉幣出疆　載揚旄旌　華服不易　憲度是憑

不辱君命　正色邊廷　書載史官　炳然丹青

功成願歸　請符金陵　天子曰嘻　詔其屢登

昌言啓沃　袞章其榮　惠浹政行　鎮移宣城

囊封乞身　掛冠林坰　天子念勞　嗟其頹齡

俾奉琳宮　燕間紫清　歸老歷陽　錦繡耀榮

稚耋驩呼　豆觴出迎　公還舊廬　樂康且寧

書三萬卷　充屋架楹　以示子孫　不傳金籯
壽乎有窮　不朽者名　民懷其德　烹牲薦馨
道左豐碑　信辭是銘

故通議大夫慎公墓誌銘

公諱蒀字仲素世為吳越著姓後居三衢曾祖諱知禮工部侍郎贈左僕射祖諱從吉給事中贈工部尚書父諱鈞大理寺丞贈尚書屯田員外郎尚書娶錢氏忠懿王之女公其長子也初命試秘書省校書郎遷國子監

主簿太常寺奉禮郎詣闕上書賜五品服歷衛尉光禄
大理殿中丞國子博士入省為庫部水部司門員外郎
遷三部郎中知賓州通判郃州擢知楚州海州以嘉祐
四年夏四月戊子終於山陽享年六十有三至七年秋
八月歸葬于開封府開封縣蘇封之先塋夫人馮氏先
公而終銘以祔焉公初守賓賓素無兵備交趾蠻僚數
百人暴至城下城中擾攘計無所出公曰賊勢方鋭守
與戰皆不可因設疑兵被甲持滿傳呼開城門金鼓大

作賊望風遁去使者上章稱之賜金紫郤有谿洞酋首襲行詳者恃險恣暴前後吏莫能禁公遍守是郡命捕以戮内外畏服公廉正自持不妄喜怒其貌甚温臨事毅然有不可犯之色守山陽以母喪去官富人有以重幣為賻者公曰吾家以清白相傳急持去無汙我仕宦四十年及終無負郭之田環堵之室以遺其子孫人以為難樞密田公況内相王公洙知公甚深以為其才可備臺省力言于朝其後名臣交章薦舉自二公始也子

男三人宗傑見任朝奉大夫才識公廉有家世之風自
升朝累贈公至通議大夫宗道宗誨有學行皆早世女
子四人皆出適孫瓛太廟齋郎修潔有文瓛早世大夫
以銘見託銘曰
慎氏之源發東陽　三衢分秀派益長
祖禰顯仕煒有光　通議入省為名郎
應機破賊保土疆　屏惡扶善稱循良
傳家清白著義方　子孫承繼百世昌

故通直郎簽書商州軍事判官廳公事謝君墓誌銘

君諱李康字和卿其先河朔人世力田高祖諱皃始以儒學自立晉開運中明經中第至周世宗時任瀛州録事參軍贈國子博士曾祖諱成之皇朝任屯田員外郎贈主客郎中祖諱師顔都官員外郎贈吏部尚書父諱昱朝議大夫三世皆進士及第自主客游宦京師寓居潁昌之陽翟後為陽翟人宋元憲景文文章學術為天

下宗師女弟臨洺君博學能文賢而有識君之母也知其子可以託門户臨終以屬舅氏元憲元憲亦素愛君孝友介潔每謂人曰真吾甥也及在政府奏授秘書省正字非所好也與其兄公儀熙序益勤于學偕有聞于時久之調徐州司户參軍海州司法參軍君為掾常以法自持未嘗少屈於權貴聞者危之而志不可奪用薦者移朐山令丁繼母陳夫人憂執喪盡禮服除授西平令通山令改大理丞監大名府經城酒稅會官制行遷

通直郎簽書商州判官廳公事時朝議高年君願解官就養朝議固止之君不忍去膝下遲遲其行宛丘太守周革謂君曰尊君年雖高而康强過人君家貧族衆當勉力從仕以承親意安可衣食於親以就養乎君不得已而之官及親有疾即解職歸謁未報聞訃至僚友知君之貧有以資其行者君力拒不受奔喪哭不絶聲水漿不入口者累日既克葬後三日而卒即元豐六年十一月二十三日也享年五十有七君幼而好學弱不好

矣行已清直事親孝恭朋友尚信涖官守正不為勢屈

命雖數奇未嘗諂以事上家雖甚窶未嘗躁而有求故所至有令聞朝廷大臣如太師潞國文公翰林侍讀學士劉公樞密直學士陳公皆深知君之所存前一夕其弟文瓘夢君綠服簪紳曳履袖文書以告之曰予平昔之事汝其為我著之逮旦君逝矣娶劉氏屯田員外郎巽之女有子五人長曰收中進士甲科河南府推官次早夭次敭次攽次敷皆力學遵義方之訓女二人長適

渭州華亭縣丞劉逢明次適進士方增孫男一人以元祐八年四月二十四日卜葬于汝州郟城縣安良原先塋之次禮也吾友太中大夫致仕宋盈祖乃能道君所存求予為銘銘曰

行過乎恭　喪過乎哀　觀而知仁　斯賢人哉

無為集卷十二

無為集卷十三

宋 楊傑 撰

墓誌

故劉之道狀元墓誌銘

之道諱煇信州鉛山人也少喪父母恥家世湮汩慷慨去鄉里卓然有自立之志從師學門八年有成一試冠國胄再試冠天府士天下以是知名嘉祐四年春仁宗

皇帝試禮部貢士于崇政殿又擢之道為第一先是皇祐至和間場屋文章以搜奇抉怪雕鏤相尚廬陵歐陽公深所疾之及嘉祐二年知貢舉則力革其獘時之道亦嘗被黜至是歐陽公豫殿廷考校官得程文一篇更相激賞以奏天子稱善廼啓其封即之道之所為也由是場屋傳誦辭格一變議者既推歐陽公有力於斯文而又服之道能精敏於變也釋褐授大理評事簽書河中府節度判官事迎侍祖夫人赴官夫人以生于南方

不習風土間或不懌之道曰迺某自立志在顯親不幸
少失怙恃追養不迨尚幸祖母康寧得以承其志今反
志意不懌豈子孫之心也我遽白府請解官侍親府為
具奏詔移建康簽書節度判官事所以便其養也未幾
改著作佐郎七年夫人卒之道號慕盡哀以適孫自陳
乞解官承重服時府尹龍圖王公贄重惜其去而固留
之之道固不從公即遣使者謂之道曰按著令凡適孫
為祖父母承重者蓋其適子無同母弟以承其重者也

今君雖於祖父為適孫而聞先君有同母二弟已自服喪柰何遽以解官而承重服乎使者及門之道方伏廬哀號徐扶杖而起謂使曰輝聞支子不祭祭必告于宗子所以重正適而遵祖考也後雖未能盡蹈典禮而喪事敢不勉乎況國朝封爵令文諸王公侯伯子男皆子孫承適者傳襲若無適子及有罪疾則立適孫無適孫則立次適子之同母弟且貴賤雖殊正適之義則一也豈有處貴者之後則封爵先於適孫在凶喪之際則重

服止諸叔父耶為我重謝龍圖公毋固留也公以其事奏朝廷朝廷下禮官議以為然乃聽其去有國以來適孫有諸叔而承重者自之道始也扶靈歸葬于鄉里哀慕盡節州閭稱其孝會數世族人有貧而不能為生者乃買田數百畆以聚之晨昏歲月饗給周足縣大夫為其地名曰義榮社之道居喪未嘗一造郡縣四方士人從學者甚衆乃擇山澤勝處建館舍以處之日講誦孚其間縣大夫又名其館舍曰義榮齋皆所以厚風俗也

服除赴闕道縣真州以治平二年春三月十有三日感疾而卒享年三十有六祖諱某父諱某皆隱德不仕之道性和易接人必盡誠不尚矯飾士樂與之交供備庫使白君文質以其子妻之男一人女三人皆幼夏四月其季父自鉛山來當塗且曰吾家猶子與子有年籍之契而校誠尤厚昔以先伯氏之銘託于子矣吾家猶子亦嘗為濡須府君之銘矣今將卜某月某日葬于義榮齋之右子其為我銘之廼泣以再拜傑再拜以泣曰敢

不從命迺為銘曰

琢玉為辟　辟成而缺　琢玉為圭　圭成而折

厥寶至重　不獲其用　嗚呼之道　不得壽者

故贈朝散郎致仕朱君墓誌銘

君諱定國字興仲姓朱氏其先成都人世仕偽蜀高祖貳僉豫吏選從曽祖某典宫門之禁隨孟氏入皇朝終京西轉運使自是族人東徙曽祖詢祖益皆自晦不仕父杲故任孟州河陰縣令累贈銀青光禄大夫母傅氏

累封清河郡夫人銀青蚕世清河夫人挈諸孤寓無為郡之廬江君方八歲家貧借書讀兄弟自相傳授敦尚節操不妄與人交慶歷二年中進士第授池州貴池主簿以平反死獄遷饒州軍事判官時太守暗酷政出其子官吏多憚之君曰公則從不公則不從何憚之有守屢欲害君君方正自持終不能屈浮梁邑劇訟多吏貪令弱部使者委君攝令事君至而鋤其姦境内稱治于今稱之官滿當改秩銓吏曲為沮抑薦剡未上令君詣

銓長求直長固執如吏議且曰在官曷不多求薦君曰
平生未嘗有所求必以為不可則已乃調梓州觀察推
官改著作佐郎知廣德縣民有訴旱郡遣官按驗民乃
聚衆持梃千餘來覘勢若脅官吏太守戒捕盜官具甲
兵以衛之君曰愚民無知妄意蠲賦爾若過計張皇恐
因緣生事縣令請自行于是輕騎從者數人以往衆聞
乃潰去時按田官尚匿僧舍不敢出君擒首謀數輩送
郡縣隸之餘不問也人服其識境内有靈濟王祠江左

人欽事歲殺牛數百以祀之君至且戒止民未甚信父
老告於廷曰神禍福影響茍易其牲何以逃咎君曰牛
者稼穡之資殺有常禁神以庇民為惠將陷民有罪而
享其牲神必不然父老益懇懼君曰民欲殺牛而享不
聽者令也神之福宜歸民譴宜歸令必欲用牛當生致
于廟廷官為貿錢以備祠費父老欣然從命廣德不殺
牛以享神自君始也未及代丁清河憂服除改秘書丞
知廬州合肥縣神宗登極改太常博士賜五品服改尚

書屯田員外郎知六合縣時朝廷方興水利有建議開馬昌河通滁州者提舉官從之君以為壞民田廬甚衆工費亦大而所為利無幾固以為不可乃移君他局屢委官覆視之不能變君議使者以君首沮所論數移他局以困之君困請於朝願得管庫以便其私而他使者知君奏留不行君嘆曰居可以仰禄而不知我者數見困去可以遠害而知我者反見留吾命其窮哉直道以利民殆不可為枉道以全身非我志也因請致其政而

歸時年六十有一齒髮未衰筋力猶壯士大夫高之元豐四年官制行改朝奉郎今上即位覃恩改朝散郎賜三品服著令京朝官致仕歷任有勞績則以全俸寵之公以貴池雪活之故可應格或勸君自陳君曰吾勤勞職事夙夜匪懈猶懼無以報廩禄之賜今竊半俸老田里又得一子禄養恩已厚矣敢較其他乎竟不言以元祐四年七月初一日終于私第之正寢享年七十有九娶王氏封太原縣君子男三人長曰袞壽州壽春縣令

先公一年卒其二人皆早喪女三人長適鄉貢進士建安張思次適通直郎延平葉唐懿次適陽武主簿太原王㽦孫男三人長曰耆次曰某次曰某女孫二人尚幼以是年九月乙酉葬於臨潛鄉中家山之西近先塋也君質直信道篤于孝友所至以公廉稱言行莊重非義者憚之至老手不釋卷凡論漢魏以下至國朝人物賢愚忠佞言行之迹歷歷可聽尤好為詩喜愠悲憂一於詩發之格尚平淡在編軸者數百首著歸田後録皆耳

目所接朝野可載事以備史氏之遺士大夫多傳之又取近世禍福之應其理可推者百餘事次之以警俗謂之幽明雜警云君初與其兄巢門先生某及弟秘書丞某皆以文行清節著聞至致政時巢門先生尚康强兄弟白首文酒相從於鄉里者二十年搢紳慕焉銘曰

賢哉與仲　諒直自守　篤學從仕　材不命偶

聽獄求生　宜其有後　祠牛不烹　利溥且久

知止不辱　勇於解綬　浩歌歸來　兄弟耆壽

燕樂田里　益敦孝友　道有通塞　名也不朽

故試桂州司法趙君墓誌銘

君諱隆字夷仲河南洛陽人曾祖考諱孚皇任殿中侍御史贈太師中書令祖考諱安仁皇任御史中丞尚書右丞兼宗正卿贈太師尚書令兼中書令魏國公謚文定考諱溫瑜皇任少府監贈吏部尚書家世以忠孝德義相傳薦紳推以為法君蓋尚書公之第三子也慶歷元年用奏補太廟齋郎皇祐三年調江陵府戶曹參軍

秩滿丁尚書公憂嘉祐四年再調曹州司法參軍治平元年移絳州稷山令未之官丁母贊皇郡太君李氏憂四年以三司戸部判官張徽舉監泗州在城清酒務熈寧五年任婺州浦江令為政明恕不務苛細邑人便之時浙右大歉君賑恤有方而民頼其賜元豐元年以兄大夫公領憲湖外疆境近於挂管廼調桂州司法參軍二年十一月十二日無疾卒於官享年五十有五君㓜而聰敏長而好學其愷悌孝恭葢出天性内外親友無

不愛之平居晏然不妄喜愠家雖貧而廉於求官雖卑而恬於進人或勉之君曰富與貴人所欲也不有義命歟議者稱之君雅好篆學樂於吟咏然未嘗輒以示人故知之者鮮嘗謂弟曰吾平生不敢為惡得免疾苦而終幸矣後果如所言娶吴氏大理評事諒之女男五人濤淳源淮濛舉進士濤淮皆先君而卒女三人長適進士李峒次適進士劉載用一在室元豐四年冬十有一月某日葬於洛陽龍門某原祔尚書公之塋禮也諸孫

託彭澤令張在述君行狀求予銘其墓予忝葭莩知君懿行爲最詳義不得辭銘曰

孰不欲富　吾廉於求　孰不願進　吾敏厥脩　有義有命　誠心所存　吉士夷仲　文定公孫

故臨淮隱者贈大理寺評事杜君墓誌銘

某年月日臨淮隱者杜君卒有德而不自顯之謂隱孝以事其親順以事其長正以率其家義以教其子惠以及其鄉君所有之德也淮水之南淮山之北喬松脩竹

白雲寒泉君之隱居也既有是德而不自顯矣則朝廷曷得而官之以其子而顯也君諱某字某其先君卿在唐為濠泗等州觀察使因家于臨淮後遂為臨淮人君之曾祖某官諱某祖某官諱某父某官諱某皆積德行義有聞于時君壽六十有二夫人朱氏賢和而孝能輔成君子之德贈某縣太君壽八十有六而終子二人曰某曰昜昜舉明經中第清慎賢明為薦紳推重以太子中舍辭知彭山而為金陵㢑官所以便襄事也嘉祐五

年得告歸以冬十月某日卜葬君及夫人于臨淮郡之某鄉某原且以銘誌見託不獲讓云銘曰

淮山峻極　君德之積　淮水湯湯　君慶之長

山水之間　以固以藏

故鄒君墓誌銘

君諱灝字深之其先東魯人源深派遠後有徙居臨江郡之新淦者大理評事諱顯曾祖考也府君諱袞祖考也袁州助教諱夏考也信義相傳閭里以為令族君幼

業文長益精傳為流輩所稱屢舉進士不為有司知既孤以至孝事其母晨夕不敢離左右一日謂人曰士不可以不求進進而不為人所知命也安能捨予采衣之樂而汲汲求知於人哉乃罷進取一志於養就所居之西臨水面山為釆真閣每侍親登覽燕集其上佳木繁翠野芳幽芬煙雲卷舒魚鳥上下真得天下之至樂與夫奔趨祿利汩沒塵土不得朝夕在於親側者蓋有間矣平生介潔屏耳目玩好唯樂聚書力教諸子以大其

門熙寧元豐中天子興太學長育天下英才君敦遣其子以就教喜謂族人曰此吾兒亨進之時也及其子自太學登第歸聞者莫不服其高識君謹厚寡言寛恕容物未嘗矜己所能揚人之短親戚交舊賙給不責人有患難則力以濟之唯恐不逮鄉閭以長者稱之人有勸多營田園以厚子孫計君曰田園之利孰若義之益耶人以為摯論元祐元年正月一日感疾終於家享年四十有八娶廖氏生男子三人曰洵仁洵武洵美皆舉進

士有學行洵武先登第任鄂州司户叅軍女一人適鄉貢進士吳游宗廖氏亡繼室陳氏孫一人女孫二人尚幼以某年月日葬于某鄉某里某山之原其子具書以江夏謝令岐叙君行實自江東走介來京師求予銘其墓云銘曰

仕不可必　退以修身　孝以見志　篤於事親

詩禮之訓　肅雍閨門　善積之慶　以貽子孫

故西頭供奉官差監無為軍榷貨務兼兵馬監押

事郭君墓誌銘

君諱元方字天益唐尚父汾陽王之後今為京師人曾祖考諱彦欽謹厚有器量藝祖少時善遇之而有通財之義及藝祖龍興故人多暴貴而獨隱遁不自耀特詔起之後任慶州刺史榷鹽使逮事太宗防邊屢有功所至稱治祖考諱勲補都使不樂仕宦老于家考諱坦知寧州不禄贈大將軍妣劉氏封彭城郡太君繼母向氏封鉅鹿郡太君君好學多能少而有立初舉進士未第

而將軍殁於嶺外朝廷推恩補殿侍景祐中改三班借職董役河上有績効寶元中任蘄黄捿轄馬遞及州界巡檢權本州兵馬事屢獲强冦改奉職為制置使奏辟監潭州船場權本州兵馬事本路使者舉充橋口水陸都廵檢慶歴中蠻獠冦境荆湖南路安撫使選用君于衡州耒陽山下分領援兵策應擒捕君靖深有謀上下賴之及凱旋授右班直殿續改左班朝廷選送遼國人皇祐中任宿州蘄澤兵馬監押獲盜及逋卒百人境内

肅然種榆栁三十萬河堤為之完固薦者稱君之勞首
冠諸邑被旨陞優最嘉祐中三司奏辟監無為軍榷貨
務兼兵馬監押時茶法久弊課額太虧及君赴官究思
弊源招徠商賈未周歲常數大增其溢額者五十八萬
緡賊盜屏迹邦人安堵會茶法通商罷榷貨務邦人投
牒本部願留君專領兵馬事官滿將去邦人又請留之
本部為具奏朝廷皆見允連任十年改左右侍禁西頭
供奉官生平薦者自丞相劉公而下三十餘人皆當時

名公也治平元年三月六日感疾終于無為官舍享年

若干夫人李氏賢淑有法度親族稱之男子二人長曰

昇次曰曦皆應進士舉二女長適左侍禁張宏次適供

奉官戴格信君性和易臨事精敏奉親篤孝兄弟友愛

其擒兇禦寇則有過人之智遇人急難則力以濟之畜

書數千卷以教其子弟好藏古今名畫及珍異之玩每

延嘉賓客則出之燕閒喜於丹青遇物能寫曲盡飛動

之意信天下出絶筆也宣徽王公洎諸文士多以序引

歌詩紀其妙君所至有勞効而不得盡其施設知者惜之元豐三年某月某日卜葬於泗州盱眙之三角山其子昇以銘來請銘曰

汾陽裔孫　鎮寧嗣子　慎以行己　敏於立事

寇盜屏畏　民以之賴　職業允修　去有遺愛

盱眙之山　下有流水　以固以藏　百千萬祀

故左朝奉郎守殿中丞梅君墓誌銘

君諱正臣字君平南唐末曾祖遠為宣州掾祖邈贈尚

書刑部侍郎父讓贈尚書職方郎中從父詢景祐間任翰林侍讀學士給事中遇郊祀恩奏試將作監主簿時方力學鋭進累豫鄉舉以親長之命不敢辭也始調舒州懷寧縣尉次歙州績溪尉秀州嘉興尉以勞遷和州防禦判官君所至以公忠自信慷慨敢為於舒修完吳塘陂灌溉民田數千頃人以為利秀之華亭有鹽數十年積若山阜不能發君請疏漕渠因海潮運載至城下公私便之軍賊王倫聚黨數百自青沂至淮楚長驅寇

掠州縣為之騷動時歷陽守倅未到任君獨當郡事迎
送之餘疲卒纔數百輩計不足以禦賊君乃募土著丁
壯相與誓死守城力戰於是倫及其黨皆就擒伏誅若
其脅從者並從寛宥時文忠歐陽公守滁聞之顧謂僚
佐曰倫長驅郡縣梅君平於談笑中擒之其材智豈易
得哉因辟充幕官郡事多得其助官滿以文忠公咸敏
孫公樞密直學士王公洎部使者十餘人交薦於朝廷
遷秘書省著作佐郎知廣德軍廣德縣事未幾丁職方

公憂服除知宣州南陵縣事南陵素號多訟田制不明君至先為造版圖正經界吏畏民服圖圖為空改太子左贊善大夫還朝改殿中丞至和初京師久雨畿內諸縣水潦為害朝廷擇官分治之君首被選用乃自陳留以東晝夜冒雨行數百里相視決泄人無墊溺之患比他治為最優出知泗州臨淮縣事至則修教令立威信盜不入境明年穀不登未及賑濟而汚吏欲以惡濕麥數萬石散之民間約一歲而斂之君以其實白於部使

者顧無以此麥撓民且恵姦使者以為然乃按受納之獘其不悦君之言者陰使人訟君催科苛酷遂被劾去官時母夫人年餘七十自侍奉還鄉里日與諸親戚相見志意愉懌勝在他郡時君乃謂所知曰我從仕以來多承命出入不得在親之側常不足于所懐今親且老矣安敢以游宦為意哉於是緝治先構鑿池種竹手植花果百餘品日引兒孫奉版輿嬉樂于其間不知外物之可欲也比終母夫人喪即年及從心矣遂不再仕識

者稱之君性沖淡學問贍博少時與伯氏聖俞唱和詩
章為前輩所推自退居以來杜門燕閒唯以吟甘為事
未嘗以纖毫干于人其所為文詞亦未嘗輕示不知者
其耿介如此君雖高年不倦探討因其子得書數百卷
歸而喜過於獲珍且繼晝夜以讀之不踰月而終篇其
好學如此元豐五年中元日終于家享年七十有九先
娶衛氏再娶王氏得輔君子之道男子二人長曰宰任
承事郎知江寧府江寧縣事次曰衆累舉進士有司優

第其文女子五人長適淩湛次適朝奉郎通判杭州李
孝先次適江寧府溧水縣尉王良肱次適曲攷次適杜
煒孫男七人京充端雍元章襄方幼學以元豐六年正
月丙午葬於宣城縣長安鄉惠照之東原是月遣其外
孫前知南陵縣事王鑑具行狀來求銘銘曰
梅氏之興盛于宛陵自金華公世以文稱
嗟嗟君平慷慨敏明交薦於朝鉅公名卿
誅滅寇黨脅從囚治分決積潦首稱其利

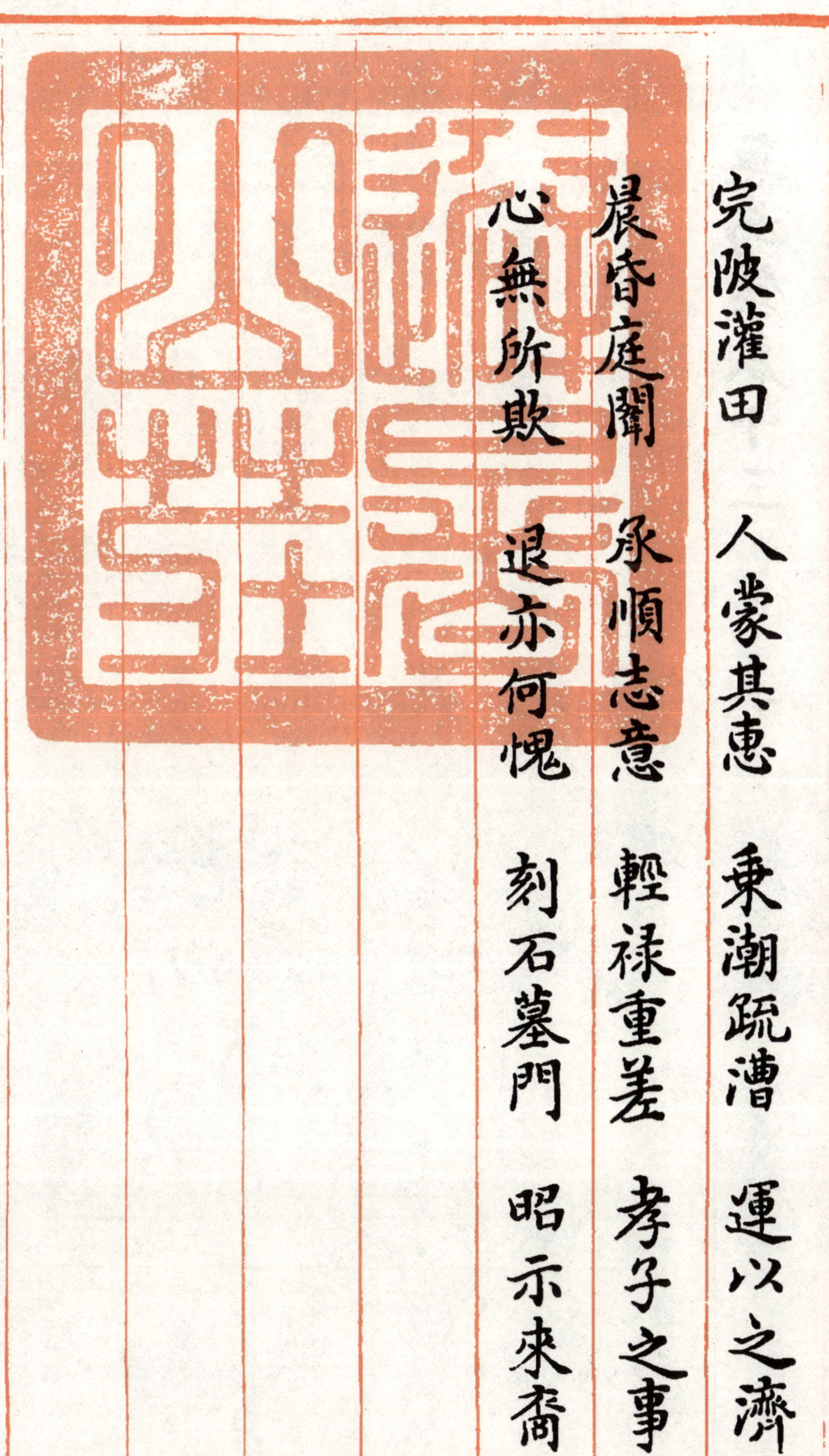

完陂灌田　人蒙其惠　秉潮疏漕　運以之濟

晨昏庭闈　承順志意　輕祿重差　孝子之事

心無所欺　退亦何愧　刻石墓門　昭示來裔

無為集卷十三

無為集卷十四

宋 楊傑 撰

墓誌

故溫州錄事參軍陳君墓誌銘

元豐四年六月甲子前溫州錄事參軍陳君卒于丹陽郡明年其子鄉貢進士誠自淮南來京師以永嘉太守石大夫牧之所撰君行狀來求銘於予固辭不獲乃叙

而銘焉君諱某字幾道其先開封東明人曾祖某黄州軍事推官祖某廣州南海令父隱德不仕君幼學強記日誦千言年十八以專經豫鄉選後改應進士舉不第時侍講曾公侍讀楊公以君故人子謹畏習楷法因辟掌編錄經筵義及終經奏補九品官初任南巢主簿邑事賴焉再調道州司理會儂賊叛廣南他境或失守人心不安乃建白郡守請集丁壯完城壁濬壍教以旗鼓號令張大軍聲以伐賊謀守從之後賊黨至桂陽境上

畏而不敢前民乃安堵太守貽詩以稱之及官滿民惜其行去郡數程遇溪水湍急舟難其進忽數十人操篙引緈以為助君怪而問之曰我道民也邦人荷司理之德久矣輒以為報爾其愛之如此再調汀州司理參軍寧化軍有盜六人持畬田刀夜刈人禾田主逐之五人逸去其一獨留且殺主人邑官全獲以為六人皆強盜也獄具將就誅君曰持刀竊禾志不在殺也畏主人而去者與獨留而殺主人者異矣安可無首從以用刑邪

初雖議論異同卒如君議遇今上即位赦五人者皆原獨為首者移鄉部使者洎守臣叙其事以薦于朝除姑蘇錄事參軍蘇民有負公府錢自牖出刺殺吏者度其不可免乃行賂以族弟代之君聽獄能正其罪歲大凶君承郡命賑救有方全活者衆君歷官三十年終始如一有知已二十三人其生平所為可見三任自温州罷官將就升遷而不幸不得遂所願享年七十有子五人曰識誠諶諰皆力學從義方之訓中子曰詡出家于錢

塘之淨慈為比丘四女皆有所適孫男五人孫女三人
尚㓜以某年月日卜葬于無為廬江某原銘曰
治獄陰德　可貽後昆　斯言不欺　當高其門
故贈仙源縣君陳氏墓誌銘
溫陵呂君升卿明甫之室仙源縣君陳氏泉州晉江人
故廣南東路轉運判官駕部員外郎諱從益之女聦明
仁孝其質夙成甫十餘嵗父母器之委以家事措置指
畫皆有條序既歸呂氏呂大族也內外百口夫人恭事

調睦夙夜不懈舅姑安其孝夫子諧其順娣姒尚其和宗族稱其欽媵侍懷其仁家人上下莫不宜之熙寧六年明甫出使京東夫人侍其姑自淮浙還京師在道被病與明甫遇於宋城明甫為留醫治之數日疾不損夫人瞿然起曰子銜命出使王事也不可以妻故而淹上新擢子恐忌者得以藉口明甫憐其意即日為命駕既訣怡然謂明甫曰勉力使事勿以家為卹度明甫行且遠即呼其兒女泣告之曰吾疾殆弗興爾父方遠使懼

離其憂弗敢以情告也竟以其年八月二十九日終於
京師享年二十有八前死三日命屏去男女正容默坐
凡平時心願口諾及有貸於家人者一毫不忘使其子
書識之曰以遺爾父為無恨矣夫人篤信釋氏誦其書
遵其教精進持其所聞禪宗頓教見性成佛思而索之
寢食都廢一日忽自喜曰吾得之矣未幾被病以故臨
歿不亂夫人之死行且十年矣明甫為之未忍娶諸姒
迄今言及之則為之涕下所以感人心者如此其賢孝

可知已熙寧七年明甫為太子中允直集賢院兼崇政殿說書管勾國子監遇郊祀追封夫人為仙源縣君有子四人男曰洪曰洞曰洋女一人在室洋出繼元豐三年五月其姑梁國太夫人楊氏薨以明年某月某日葬於揚州江都縣崑崗之陽明甫自丹徒舉夫人之柩從葬於其兆誄予以銘銘曰

巍巍崛岡　其來萬里　右旋左抱　一伏一起

博大深厚　截然而止　長河鉅江　前有吉水

蒼蒼遠岫　如幟如几　夫人從姑　歸安於此

幽宅永康　百世蒙祉　令聞不忘　視兹誌已

故贈福昌縣太君李氏墓誌銘

福昌太君李氏左朝議大夫上柱國會稽縣開國子食邑五百户賜紫金魚袋夏公伯孫所生母也太君京師人幼失怙恃世失其傳以良家子婉淑端莊善言懿行聞于閭里乃歸侍于司空是時文莊公位兼將相榮國夫人肅治閨闈唯司空一人以承家事每以嗣裔未廣

為念太君承上接下靡不得其懽心及生朝議喜氣溢于家庭相國榮國尤所鍾愛暨相國薨司空執喪過哀殆不能勝太君供侍持扶未嘗違去左右乃克終制太君之勤為最多朝議幼而誘以學問長而勉以政事君親教以忠孝行已篤以信義可謂盡母道矣故朝議歷仕宦近五十年無言行之過者有所自也朝議平生不求外官以太君不欲去京師故也以元祐六年八月十七日年八十有五以疾卒于家朝議遭太君之喪號慕

過哀水漿不入口者四日相繼而終母慈子孝聞者哀之太君和易誠實未嘗失色於人疾病急難必援救之唯恐其後至於僕役賤者莫不均愛焉況其子孫乎況於姻族乎孫十有四人長恍次懌皆承議郎次惇左侍禁次忭未仕次恪亦皆左侍禁次恢衢州江山簿次忻未仕次恮滑州胙城尉次慬未仕次慥太廟齋郎次怜假承務郎次愉次懷尚幼女十一人長適宗室觀察使世覃次適朝請郎龐元中次適奉議郎梁子雅次適宗

室防禦使仲戡早卒次適宗室防禦使仲汾早卒次適朝奉郎李譯次適宗室團練使叔盎次適宗室右監門衛將軍仲珣早卒次適文思副使趙令昔次適宗室率府率仲擴次幼未適內外諸孫幾百人可謂盛矣以是年九月六日葬于開封府祥符縣祖塋之別域禮也銘曰

子以母成　母以子榮　教篤忠孝　天錫壽終

歲月惟良　掩于佳城

故廬江令田府君夫人趙氏墓誌銘

夫人其先南陽人五代之末家于濡須祖諱某倜儻有才智輕財好士搢紳樂與之游嘗設方畧擒巨盜閭里以安朝廷旌其能詔列仕版辭不願就廼以保信軍節度行軍司馬老于家考諱化成舉進士不第鄉黨以為令族夫人飭身有法度事親篤孝愛婦徳充備慎擇良配長而歸于廬江田府君諱某府君博學修巳皇祐中詔下郡國薦士無為以府君首冠賢能書長者之車日

盈其門延接施與人慕其風夫人葢有助焉事奉舅姑盡禮事繼姑益孝謹内外稱賢田氏大姓也某歳時祭祀婚姻禮幣賓客之奉伏臘之給皆有家法義居甚久人無間言親族隣里有疾病急難必力以濟平居不妄語言所為循理内外稱之其為德可知矣子二人曰壞重信義喜賓客不幸早世曰仔補上庠生有行藝女一人適鄉貢進士李從道孫幾人曰某曰某曰某曰某皆舉進士孫女幾人未嫁以某年某月某日終于家享

年七十有幾卜某年某月某日葬于某鄉某原府君之塋禮也先妣長壽縣君夫人之堂姊也某仲妹夫人之冢婦也熙寧初某自黄梅令被召爲禮官侍長壽過廬江見姨婦姑三世子孫滿前上下肅雍悦懌情話旬日不忍别洎元豐初銜哀過姨家是時姨服姑喪拜于堂不勝其悲姨今亡矣可勝痛哉襄事有日仔來求銘時被命典客道由淮楚故里在望不得執紼以申其哀愴廼爲銘曰

趙氏淑女　田氏賢婦　孝事舅姑　如事父母
蘋以為薦　蘭以為佩　祖先享之　慶福是賚
陟彼淮山　南望潛邑　潛不可及　雪涕以泣

故錢夫人墓誌銘

夫人錢氏其先錢塘人尚父吳越王之族年始笄而歸于吾友潘延之興嗣延之有道士也得官不赴退居鍾陵三十年朝廷聞之召命再至固辭以母老不願仕夫人實同其志而無向榮之慕不強夫以仕此其所難也

夫人性安恬事姑盡婦道教子有法度内外稱其賢因讀佛書嘿然有解熈寧五年九月十日坐上得疾頃刻而逝年四十有七生男子二人長曰昂前任某官仲曰羣舉進士豫天府貢女子四人長適進士王深之次適國子博士張知古次適某州司户參軍趙峒一未許嫁以六年夏四月某日卜葬于西山某原昂羣具書走僕來求銘余與延之有通家之好義不得辭銘曰

事姑以孝　鞠幼以慈　生死之際　脫然不疑

為有道者之妻　非夫人而誰

故王夫人墓誌銘

夫人王氏諱和其先深之饒陽人贈太師中書令兼尚書令魏國公謚惠獻諱化基之孫給事中天章閣待制諱舉元之女自惠獻公參豫國政始徙家京師後為開封人夫人柔慧令淑女功婦道莫不純備父母慎擇名族良士以為之配年十有九歸于今奉議郎趙君君章事舅姑盡禮閨門肅雍內外親族稱以為法生一女子

三歳而夭嘉祐二年舅駕部郎中守郢州夫人感疾卒於郢之官舍享年二十有一元祐元年冬十月葬於洛陽以祔先姑禮也銘曰

嗚呼夫人　肅雍賢孝　歸於士夫　宜壽而夭

洛陽之原　以卜吉兆　篆刻銘章　懿德永耀

故左朝奉郎知汝州黄府君行狀

府君諱某字任道其先江夏人遭唐末之亂其族分適江南西蜀惟建安浦城為著姓雖爵位無顯而其文章

行義多見稱于時曾祖元吉初以風雅名重江南仕非
其志儒學傳家二子入本朝皆登進士第次子覺任殿
中丞以清直聞當時儒宗如宋宣獻楊劉二内相多與
唱酬搢紳傳之君之祖也考潛山先生兩舉進士不利
于春官朝廷當推恩奏名而隱居求志不顧就其歌詠
翰墨有晉唐風格累贈朝奉郎世積令德篤生府君府
君為兒童時才識已過人及其長力學有文行為韓魏
公王荆公歐陽公深所器重皇祐五年進士及第調揚

州天長主簿移恩州清河令秩滿改著作佐郎知曹州
濟陰縣神宗皇帝登極覃恩遷秘書丞以廣濟河決免
一官魏公留守魏都薦君學行乞教授北京國子將命
下丁潛山先生憂繼丁母裴氏壽安縣太君憂執喪盡
禮兄弟友愛閨門肅雍士君子推以爲法制終再授秘
書丞監都進奏院名對除河北東路提舉常平倉就改
本路轉運判官旋易西路就移陝府西路提點秦鳳等
路刑獄被名赴闕未行坐舉官失當再奪秘書丞會更

官制授奉議郎入尚書省任職方員外郎車駕幸省選承議郎改三品服久之以廩稍不足乞補外乃知汝州今天子即位恩遷朝奉郎苦足疾求致仕元豐八年十二月四日卒于官舍享年六十有五先是一夕夢白雞棲於牀下語家人曰昔謝安夢白雞而死我以辛酉歲生豈吉祥耶果不起其初娶某氏追封永安縣君再娶章氏封武寧縣君三子曰材太廟齋郎曰樞曰杞皆郊社齋郎二女長適奉議郎王續次在室恩州之清河清

陽欠黄河茭草埽岸十四萬兩縣於隊長十九户下催理都水漕臺文移不絶十九户貧乏六年不能供前後長少鞭撲不勝數盡當時隊長以丁數選非以物産定故爾郡縣苦之人莫敢議君乃言於朝曰嘉祐之初河入恩州故埽岸茭草出於民者萬數今則聚而無用條其可免之十利朝廷可其奏悉蠲之魏公方執政尤稱其事初朝廷置寛恤民力司諸道遣使求民瘼有曰河朔館驛宜罷須索以寛其役君以謂河北中路傳驛歳

有邊使往來邊防休戚之所繫百須皆出於民當令百姓明具所出物數折除春夫丁役及於二稅合納之物量數放免民自樂輸矣朝廷從其議至今民以為利君在濟陰當廣濟河決危急邑人將就墊溺老幼號訴君采輿議乃決南堤以分水勢不意浸隣田論法至重君自以長不忍貽過於下一皆引伏當時魏公吳正憲公御史中丞交章論列以為誠心愛民非有害彼之意譬如逐盜出境盜為他境之害非逐盜者之罪也曹州寃

句知縣張復禮亦乞納官以贖其罪竟得末減而濟陰之民世世不忘其德至神宗朝召對上曰御即某耶昔日濟陰之事意在恤民慰勞之甚厚君稱謝因請上留意史書上悦聽納時貴人有不喜君者君為提舉官時郡縣多不曉朝廷愛民之意過為苛刻君務為便民司農官以為沮法賴正憲辨明得免斥逐君議賑濟之術均以一路當散糧斛之數隨郡縣豐凶户口多寡增損以給民全活者衆矣河北方水災米粟踴貴市易糴官

又增價以斂之民益艱食人不敢言君曰視民困苦而不救非我志也遂奏罷之鳳州有獄久不決而苦慈亢君親往決之是夕雨澤霑足人以為雨自公致也君孝於事親友愛諸弟自少文學聲名藹於士林識度高遠議論嚴正耻為阿諛取悅於人其文章翰墨為世推重文集四十卷可見其志也其為守令奉使惟務愛民以報朝廷大臣屢薦以臺閣侍從而其命數奇士論惜之平生愷悌與朋友交久而益固未嘗遽言人短而多稱

揚人之所長勇於信義廉於進取毅然有古人之風某久游門下知行義為最詳紀述善美不敢以誣謹狀

宗室金紫光禄大夫檢校太子賓客右武衛大將軍秀州團練使贈觀察使追封東平侯趙公行狀

曾祖諱惟忠彰化軍節度使舒國公

祖諱從謹宣州觀察使宣城侯

父諱世崇洺州防禦使

公諱令蠙字景珍皇祐元年八月生於邸第二年四月

仁宗賜名授右内率府副率明堂覃恩改左内率府率
嘉祐五年改右千牛衛將軍八年英宗即位覃恩改左
監門衛大將軍治平四年先帝即位改右武衛大將軍
使持節濠州諸軍事濠州刺史熙寧十年改左武衛大
將軍使持節秀州諸軍事秀州刺史充本州團練使其
散官勲封食邑累加至金紫光禄大夫撿校太子賔客
兼御史大夫上柱國天水郡開國公食邑三千户食實
封三百户元豐五年八月某日以訃聞贈鄆州觀察使

追封東平侯八年三月先帝登遐詔舉葬於西京永安縣某原禮也公四歲而孤天資信厚出就外傅日誦千言諸父兄以成人期之及長博覽載籍尤專詩書通知風教之本閒為篇章歌詠皇化有文集三卷傳于家每與人接則謙和雍容非禮義不道故終始無悔吝人有急難則賙之凡親戚中議論有所未決者多質於公其為人信重如此其事尊親以孝稱母福昌夫人疾寢不解衣藥必躬嘗晨昏不敢違去左右及夫人喪號慕過

哀遂致危困捐館之日召諸子立于前以告之曰吾幸生宗室蒙賴累朝徳澤保奉先人祭祀至于今日不幸不得見汝等長立豈非脩短有數耶吾平生無玩好唯翰墨簡册而已吾死當陳設翰墨簡册于前足矣毋以華靡為尚因索飛白筆書清白風月四字廼云此可以傳示子孫乃奄然而逝年三十有五娶陳氏封樂壽縣君子男六人長曰子渢右内率府副率次不育次子㳅次子沇並三班奉職次子浣子流未仕女四人長適鎮

戎軍判官柳榮餘未嫁嗚呼公乎太祖皇帝之六世孫中書令吳懿王之元孫舒國公之曾孫宣城侯之孫洺州防禦使之子承派天潢生長宗邸其勢豈不貴且重哉而能不驕不侈尊賢樂善存心經史敦行孝悌内為親族所愛外為搢紳所稱可謂賢公子矣而其壽不及中聞者哀之敢書其實以告有司謹狀

故左藏庫使銀青光禄大夫檢校太子賓客兼御史大夫始平郡開國公馮侯墓表

馮侯諱文顯字晦之太尉諡勤威魯國公之子也魯國公仕太宗真宗兩朝有勲績書于史册在師族不忘經術而以義方傳其家侯年十一歳而孤執喪如成人每侍公畫像號泣過哀其孝愛蓋出於天性是時家多賜金伯氏將均之侯輒不顧以書劍自與人問其故侯曰此先君所以起吾家非他資所可擬也識者竒之初以父任為右班殿直累遷至左藏庫使銀青光禄大夫檢校太子賓客兼御史大夫騎都尉始平郡開國公食邑

二千户歷任監中牟倉定州監酒稅京師南作坊唐州陳州廵檢曹州潤州滑州都監江寧府駐泊真定府路分都監江東路京西路提點刑獄府界黙諸縣公事湖北路益利路兵馬鈐轄知莫州澧州廣信軍祁州麟州所至以廉能稱而事有條理其聽訟詳明吏畏民愛于今稱之守鄜一年遽以閒局爲請得嵩山崇福宫任滿朝廷除知隴州辭不赴再乞閒局乃管句中嶽廟未幾乞致仕得謝元豐三年冬十有二月某日終于家享年

七十有一以某年某月某日葬于開封府某縣之原祔魯公之塋禮也侯之系出施為已詳見于宣德郎張君舜民所撰墓誌銘矣而其子惟寅又得侯之遺事于耆舊考之有實乃屬予表之云侯在中牟時金水河決其勢危急太守委侯救護中夜承命即時馳白縣令啟關令不之許侯曰我寧得罪民事不可緩也乃發關而出質明堤為之固於是民免墊溺之患侯之敢為如此侯在益利路時方與客飲酒或告軍中有變乃呼出客問

之云其事如此與侯共事者欲潛出偵之侯曰吾軍中無足慮者第飲酒以安人心已而果妄或請深治告者侯曰庸人無知不足深治恐來者懼而不言他侯之識慮如此任安惠公守曹南繩下嚴肅待侍最厚一日謂曰聞某人犯法吾欲劾治未得其實煩君伺之侯曰舉善罰罪太守之職也屬吏何與焉豈惟不敢聞命亦恐上累公之德任公握手謝曰老夫過矣老夫過矣侯之謹厚如此鄜有盜羊殺人者案具將就刑侯初至郡疑

其不實乃易獄吏而訊之云我實非盜也偶見牧羊兒死仆地馳告里長故執我又指羊羣中一羊以為我所盜者我知無以自辨敢不服罪侯察其非辜令釋去不數日旁縣獲盜羊殺人者抵罪侯之明斷如此昔太尉魯公嘗開國于始平至是侯實繼之克承厥家世濟其美大丞相王荊公為撰魯公神道碑云刻碑墓門公實有子蓋有自矣侯之孝愛出於天性又其廉能敢為謹厚識慮明斷皆可書也作馮侯墓表

廉君行述

君諱惟德字天輔以慕尚賢者教育子弟為樂有某氏為盜而去後雖得其實而以盜有老母故不白于公及盜敗而自陳人始知之嘗出遇遺兼金于道委之而去其主反得之生平好行惠而不圖其報此山陽之人所共稱也余既得其實故述之云

無為集卷十四

無為集卷十五

宋 楊傑 撰

奏議

奏請四皇后廟升祔狀

右臣先曾上言伏為皇后廟四室第一室孝惠皇后賀氏第二室孝章皇后宋氏第三室淑德皇后尹氏第四室章懷皇后潘氏孝惠皇后太祖肯納之后也淑德皇

后太宗肴納之后也章懷皇后真宗肴納之后也並遇初潛嬪于帝室正位乎內王化所基生享禮封後行追冊孝章皇后在太祖之廟已毋儀天下及太宗即位號曰開寶皇后以上四后順德徽音見於彤史奉安别廟薦享有常升祔之儀久而未講每遇禘祫則遷神主設席於太廟本位帝主后主之次雖云合食其實異牢禮意人情有所未盡或者以為孝惠淑德章懷三后生無尊稱殁加盛禮難以升祔太廟臣謹按國朝會要禮閣

新編所載懿德皇后符氏開寶八年崩亦在太宗登極
之前至太平興國三年方行追冊今已升祔太宗廟室
況又孝章皇后在太祖之朝已正中壼而母儀天下乎
伏請比用懿德皇后禮例升孝惠皇后孝章皇后祔于
太祖皇帝廟室升章懷皇后祔于真宗皇帝廟室所貴
嚴升配正始人倫推廣孝惠風化天下奏入已久未蒙
付外施行今伏見慈聖光獻太皇太后上僊山陵有日
陛下以嫡孫號慕過哀外示易月之文而實遵三年之

制謂園陵有所譏抑故隆以因山謂謚法未足形容故
增以四字權宜祥禫之服却而不御公卿羣臣表章七
上而始得瞻望更朝又表章五上然後勉從正殿之請
每降手詔發揚太皇太后聖功業莫不出于至誠感動
天地自載籍以來天子孝德未有過今日也將來九虞
禮畢則崇配于仁宗廟室臣愚不避誅殛再敢上凂天
聽伏乞陛下擴充不匱之心等而上之至於祖宗后廟
因慈聖光獻崇配之日升孝惠孝章淑德章懷四后神

主祔于太祖太宗真宗祏室斷天下之大疑正宗廟之大法以垂永久不勝至願其升祔昭穆准淳化元年勑宜依舊懿德皇后在淑德皇后之上又咸平三年勑孝章皇后宜在孝惠皇后之下又祥符五年勑禘祫之日孝惠孝章淑德三皇后神主祔饗於太祖太宗本室次於正室又祥符六年言者請以元德皇后神主升祔在懿德皇后之上真宗詔曰載念尊親蓋惟極致在乎陟降非敢措辭惟以祔廟之歲時用為合享之次序宜恭

以元德皇后神主升祔於明德皇后之次至慶歷元年言者請以章懿皇后序於章穆章獻皇后之上仁宗詔曰祗覽祥符之詔深原文考之旨極意尊親之際重形陟降之辭故以祔廟之歲時用為合享之次序義無差別情無重輕恭依禮官所議奉章獻皇后章懿皇后序於章穆之次是致慶歷祀儀凡行禘祫皇后廟神主並設席於太廟本位帝王后主之次永萬世不易之典也如蒙允臣所請其升祔昭穆即乞依三朝詔旨及慶歷

祀儀熙寧祀儀施行謹具奏聞伏候勑旨

禘祫合正位序議

右本院先准中書劄子奉聖旨修定太廟祀儀續准近制奉僖祖爲太廟始祖所有禘祫神主合正位序檢會禘祫舊儀於殿室外室外設昭穆之位僖祖翼祖太祖太宗仁宗及諸室后主共十四位俱南嚮順祖宣祖真宗英宗及諸室后主共十位俱北嚮所有禮樂之器多陳設於堂之上下而皆在北嚮神主之後質之典禮參

以人情竊恐未順謹按禮記周禮經傳及爾雅通典禘
祫志三禮義宗所載禘祫昭穆蓋有室中堂上之别古
者宗廟異宮各有堂室戶近東祏主在西其在始祖后
稷廟室則后稷東向其為昭者皆南向其為穆者皆北
向在太祖文王廟室文王東向以率先王之穆穆皆北
向在太宗武王廟室則武王東向以率先王之昭昭皆
南向各就其室裸酌饋獻此所謂室中之位也及其迎
之出戶射牲燔燎朝踐則后稷文王武王皆南向先王

暨先公其爲昭者皆西向其爲穆者皆東嚮此所謂堂上之位也遇祫祭則先王先公合食于后稷之廟

明堂配上帝議

謹按周禮掌次職曰王大旅上帝則張氈案祀五帝則設大次小次又司服職曰祀昊天上帝則服大裘而冕祀五帝亦如之明上帝與五帝異矣則孝經所謂宗祀文王於明堂以配上帝者非可兼五帝也考之易詩書所稱上帝非一易曰先王作樂崇德薦之上帝以配祖

考詩曰昭事上帝聿懷多福又曰上帝是祇書曰以昭受上帝天其申命又曰惟皇上帝降衷於下民如此類者豈可得以五帝而言之自鄭氏之學興乃有六天之說而事非經見至晉泰始初論者始以為非遂於明堂惟設昊天上帝一坐而已唐顯慶禮亦止祀昊天上帝於明堂今大饗在近議者猶以為上帝可以及五帝臣等請如聖詔祀英宗皇帝於明堂惟以配上帝至誠精禋以稱皇帝嚴父之意

奏請罷文德殿常朝官狀

儒林郎守秘書省著作佐郎充太常禮院主簿臣楊某奏謹按周禮宰夫掌治朝之法以正王及三公六卿大夫羣吏之位王眂治朝則太宰贊聽治又按禮記曰視朝於内朝臣辯色始入内朝及路寢門之外朝羣臣治事王者日於此以聽視之故亦謂之治朝也唐六典曰凡京司文武職事九品以上每朔望朝參五品以上及供奉官員外郎監察御史太常博士每日參謂之常

參官斯皆文武之有職事趨于朝天子御宣政或御紫宸以視朝聽治葢沿周制也其無職事則既無常參班次故會要所載如本官不是常參官并憲官是攝者惟聽於御史班中辭見乃知辭見之日即入朝自餘不入朝矣今乘輿常日御紫宸或垂拱見內朝之臣聽天下之治遵用周唐故事無不協於典禮而其文德常朝官考之載籍似未為得於周則非公卿大夫羣吏治事者之比於唐則異京司文武職事之官竊聞其間多是待

次之人久在旅瑣日趨闕廷勞文可惻加之累歲以來常候宰臣奏事退赴押班或遇辰正牌上方得放班近者伏聞德音令今後御史臺候垂拱殿坐即一面放班中外相傳莫不稱頌嚮非陛下至仁盛德矜察微隱何以及此以臣愚見其文德殿常朝官在京未有職事於禮可免常參伏乞朝廷特與放罷或祇令赴朔望起居其賀謝辭見及京司百官五日一赴起居者自依定制如此則於周唐舊儀兩以爲得臣雖賤愚備員禮局有

所聞見不敢不言謹具狀奏聞伏候勑旨

上辛祈穀議

謹按月令孟春之月是月也天子乃以元日祈穀于上帝注謂以上辛郊祭天也公羊曰郊用正月上辛注三王之郊一用夏正言正月者春秋之制也正月歲首上辛猶始新皆取其首先之意又穀梁曰我以十二月下辛卜正月上辛又左氏曰啓蟄而郊注啓蟄夏正建寅之月也陸淳曰啓蟄爲建寅之月百蟄驚出爾略舉時

候非必取歷驚蟄之節也此葢用正月上旬辛日以祈穀即不繫立春節氣之前後假令十二月中旬下旬立春因擇辛而祈穀則是用中辛下辛即非元日之義本部今參詳合依天僖元年勅吉上辛不拘立春先後所有王少卿所議及天僖以來太史所定上辛之日委得允當太常所議立春後祈穀難以依從

奏請太廟殿上鐘磬狀

右臣伏聞聲音之道與政通堂上之樂所以象宗廟朝

廷之治堂下之樂所以象萬物之治堂上堂下用樂雖殊八音克諧各不可闕其實一也今太廟之樂堂下具八音萬物之治可謂周矣堂上之樂則闕鐘磬在宗廟

朝廷之治八音有所未備焉臣職在禮樂不敢不言謹按禮曰鐘聲鏗鏗以立號詩曰至和且平依我磬聲是知樂之號令自鐘聲而立樂之和平依乎磬聲則鐘磬安可闕哉臣昨蒙睿旨提轄脩製朝會殿上玉磬曾於去年具奏乞依虞書戛擊鳴球之義候玉磬成日先用

之於太廟殿上以稱陛下稽古奉先之志尋蒙付外未奉朝旨施行今雖玉磬未成伏遇春陽發生之時太廟孟享之日欲乞出自聖斷依古復用殿上鐘磬所貴發揚至音號令衆樂以格祖考以致和平上自朝廷下及萬物咸被福祐臣某不勝大願謹具狀奏聞伏候勑旨

元豐八年正月二十五日

堂上鐘磬議

一准中書劄子節文詳定郊廟禮文所詳定伏請每遇

親祠宗廟歌者在堂更不兼設鐘磬宮架在庭更不兼設琴瑟匏竹更不寘之於牀其郊壇上下之樂亦乞依此正之有司攝事准此謹按虞書曰戞擊鳴球搏拊琴瑟以詠此有虞堂上之樂也下管鼗鼓合止柷敔笙鏞以間簫韶九成擊石拊石此有虞堂下之樂也正義曰球為玉磬商頌云依我磬聲亦玉聲也大射禮鐘磬在庭今鳴球於朝廷堂之上者按郊特牲云歌者在上貴人聲也左傳曰歌鐘二肆則堂上有鐘明聲亦在堂上

漢魏以來登歌皆有鐘磬燕禮無鐘磬者諸侯樂不備也是知堂上象朝廷之治堂下象萬物之治堂上堂下八音各備而互見之不可闕也又按禮曰升歌清廟詩曰清廟祀文王此有周堂上之歌也大司樂路鼓路鼗陰竹之管龍門之琴瑟九德之歌九磬之舞於宗廟之中奏之若樂九變則人鬼可得而禮矣此有周宗廟降神之樂也降神之樂既有獻之琴瑟則宫架内琴瑟不可去矣所有祀郊及有司攝事伏乞壇殿之上依舊

設鐘磬其宫架下降神之樂亦乞依舊設琴瑟其匏竹不寛於狀即乞依禮文所奏請

上言大樂七事

一曰歌不永言聲不依永律不和聲

謹按虞書曰詩言志歌永言聲依永律和聲八音克諧無相奪倫神人以和蓋歌以永詩之言五聲以依歌之詠陽律陰吕以和其聲金石絲竹匏土草木八音克諧無相奪倫然後神人以和也若夫歌不永言聲不依永

律不和聲八音不諧而更相奪則人人安得和哉且金聲舂容失之則重石聲溫潤失之則輕土聲函胡失之則下竹聲清越失之則高絲聲纖微失之則細革聲隆大失之則洪匏聲叢聚失之則長木聲無餘失之則短惟人禀中和之氣而有中和之聲足以權量八音使無重輕高下洪細長短之失故古者升歌貴人聲八音律吕皆以人聲歌為度以一聲歌一言言雖永不可以逾其聲如大善曲肅肅藝祖一句以仲南黄仲四聲歌之聲律最為和協今夫歌者或詠

一言而濫及數律如安曲曲至神感神夷黃一字兼四聲或章句已闋而樂聲未終如正王曲已終尚有黃無夷夾大五聲之類茲所謂歌不永言也伏請節裁煩聲以一聲歌一言遵用永言之法且詩言人志詠以為歌五聲隨歌故曰依永律呂協奏故曰和聲先儒云依人音而制樂託樂器以寫音樂本效人非人效樂此之謂也今祭祀樂章並隨月律夫聲不依詠以詠依聲律不和聲以聲和律非古制也伏請詳定使樂以歌為本律必和聲也

二曰八音不諧鐘磬簫闕四清聲事

謹按虞書曰簫韶九成鳳凰來儀蓋虞樂之成以簫為主也商頌曰旣和且平依我磬聲蓋商樂和平以磬為依也周官鍾師掌金奏凡樂事以鐘鼓奏九夏蓋周樂合奏以金為首也是鐘聲簫者衆樂之所宗為聖帝明王之所貴數十有六其所由來尚矣漢得古磬十六於犍為郡鄭氏注周禮編鐘磬及大周正樂三禮圖編鐘編磬簫並以十六為數示天子之樂用八鐘磬簫倍之

以為十六矣且十二者律之本聲也四者律之應聲也本聲重濁應聲輕清本聲為君父應聲為臣子故其四聲或曰清聲又曰子聲也自景祐中李照議樂以來鐘磬簫始不用四聲是有本而無應有倡而無和者四十餘年矣八音何從而諧也今巢笙其管皆十有九以十二管發律呂之本聲以七管為律呂之應聲用之已久而聲至和協伏請參考古制依巢笙例用編鐘編磬簫之四子聲以諧八音

三曰金石奪倫事

謹按大司樂文之以五聲播之以八音八音雖異其所以應律則一也故樂奏一聲諸器皆以其聲應也既不可以不及又不可以有餘八音克諧無相奪倫此之謂也今大樂之作琴瑟壎篪留簫笙阮箏筑奏一聲則鎛鐘特磬編鐘編磬連擊三聲戾於衆樂中聲最煩數而掩壓衆器求其所謂無相奪倫不亦難哉伏請詳定大樂其鎛鐘特磬編鐘編磬並依衆器節奏不可連擊三

聲所貴八音無相奪倫

四曰舞不象成

謹按樂記曰夫樂象成者也總干而山立武王之事也發揚蹈厲太公之志也武亂皆坐周召之治也又曰武始而北出再成而滅商三成而南四成而南國是疆五成而分周公左召公右六成復綴以崇是大武之舞六成象周德之成矣國朝以謙德受禪郊廟之樂先奏文舞次奏武舞其於武舞也容節六變一變象六師初舉

所向宜北矣三變象上黨克平所向宜北矣三變象維揚㡳定所向宜東南矣四變象荆湖來歸所向宜南矣五變象邛蜀納欵所向宜西矣六變象兵還振旅所向宜北而南矣今夫舞者非止發揚蹈厲進退俯仰不稱成功盛德差失其所向而又文舞容節殊無法度故曰舞不象成也伏乞樂記象成之文詳定二舞容節及改正所向以稱成功盛德

五曰樂失節奏

謹按孔子曰魯太師樂其可知也始作翕如也從之純如也皦如也繹如也以成始作翕如也始作翕然如衆羽之合繼之純如也節奏明白皦如也繹如其緒之不窮也夫然後成今大樂之作聲不齊一節奏混淆往來無叙曷聞所謂翕如純如皦如繹如者乎伏請稽考孔子之言詳定大樂節奏以下闕

無爲集卷十五

總校官候補知府臣葉佩蓀

校對官主事臣牛稔文

謄録監生臣陳其道

圖書在版編目（CIP）數據

無爲集 / (宋) 楊杰撰. — 北京：中國書店,
2018.8
ISBN 978-7-5149-2100-7

Ⅰ. ①無… Ⅱ. ①楊… Ⅲ. ①中國文學 – 古典文學 –
作品綜合集 – 北宋 Ⅳ. ①I214.412

中國版本圖書館CIP數據核字(2018)第084826號

四庫全書·別集類

無爲集

作　者　宋·楊　杰　撰
出版發行　中國書店
地　址　北京市西城區琉璃廠東街一一五號
郵　編　一〇〇〇五〇
印　刷　山東潤聲印務有限公司
開　本　730毫米×1130毫米　1/16
印　張　24.75
版　次　二〇一八年八月第一版第一次印刷
書　號　ISBN 978-7-5149-2100-7
定　價　八八　元